Lisa Gallauner

Teufelsstimmen
Kriminalroman

feder frei
www.federfrei.at

2. Auflage
Marchtrenk, 2012
www.federfrei.at

Umschlagabbildung: Argus, James Thew, Fotolia
Lektorat: Verlag Federfrei
Satz und Layout: Verlag Federfrei
Druck und Bindung: Finidr s.r.o., Tschechische Republik

ISBN 978-3-9502751-8-6

Ein Roman für Roman.

An dieser Stelle möchte ich mich bei einigen Menschen bedanken, ohne die es Teufelsstimmen in dieser Form wohl nicht geben würden.

Herzlichen Dank allen TestleserInnen des Buches, die mir mit wertvollen Tipps weitergeholfen haben.
Ein großes Dankeschön an Tim für seine Hilfe bei der Recherche zum Thema Polizeiarbeit.
Auch Andrea Rieger gilt mein Dank.
Ohne sie würde ich heute vielleicht nicht mehr schreiben.
Danke, dass Sie als Erste an mich geglaubt haben!

Zu guter Letzt tausend Dank an meine Familie, die immer für mich da ist. Besonders danke ich meinen Eltern, die mich zu dem gemacht haben, was ich bin, aber auch meinem Mann Roman und meinem Bruder Michael, die mich vom allerersten Moment an in meinem Drang zu schreiben bestärkt haben,
und natürlich meinem großartigen Sohn Moritz,
der diesen Drang erst in mir ausgelöst hat.

Sämtliche Protagonisten dieses Romans, ihre Namen und ihre Handlungen sind frei erfunden, etwaige Ähnlichkeiten mit lebenden oder verstorbenen Personen nicht beabsichtigt.

Obwohl der Roman in der wunderschönen Wachau spielt, und viele der erwähnten Orte tatsächlich existieren, entspringen die Tatorte sowie die Außenstelle des Landeskriminalamtes Niederösterreich bewusst ebenfalls der Fantasie der Autorin.

1

Er blickt aus dem Fenster des kleinen, idyllischen Landhauses. Wut steigt in ihm auf. Heiße, brennende Wut.

Schau sie dir an! Wie die Parasiten. Schlimmer als jede Gelsenplage. Loswerden – du musst sie loswerden!

Da sind sie wieder, die Stimmen. Seit Tagen hört er sie. Immer dann, wenn er aus dem kleinen Küchenfenster seines idyllischen Landhauses blickt.

Na? Worauf wartest du denn noch? Wie lange willst du ihnen noch zusehen? Lösch sie endlich aus!

Auslöschen. Das klingt so hart. Aber der Gedanke gefällt ihm schon. Er hätte große Lust, sie auszulöschen. Diese widerlichen Touristen, die anscheinend glauben, dass das Leben eine einzige rauschende Party ist. Seit sie diesen gottverdammten Campingplatz genau neben seinem kleinen, idyllischen Landhaus angelegt haben, ist es vorbei mit der Ruhe.

Schon am frühen Morgen wecken ihn die ersten Kinderstimmen. Die lästigen Fratzen, die immer wieder Bälle und Frisbees in seinen Garten werfen, stehen anscheinend mit den Hendln auf. Ein paar Stunden später ist dann da draußen die Hölle los. Gekicher und Gequatsche in den verschiedensten Sprachen mit unterschiedlichsten Akzenten dringen in sein Büro und halten ihn von der Arbeit ab. Deutsche, Italiener, Dänen, Tschechen und Holländer. Die treiben sich am meisten auf dem Campingplatz herum. Die paar Österreicher, die auch da sind, stören ihn weniger.

Schau, wie sie lachen! Du musst arbeiten, und sie haben ihren Spaß. Macht dich das nicht unendlich wütend? Unternimm etwas! Verpass ihnen eine Abreibung, einen Denkzettel! Na los!

Im Hochsommer ist es am schlimmsten. Dann muss er sich Bierbäuche, Speckrollen und Cellulitisärsche in rauen Mengen anschauen. Die paar wenigen wirklich Feschen entschädigen ihn nicht annähernd für all das Grauen, das da Tag für Tag an seinem Küchenfenster vorbeiwabbelt.

Er kann immer noch nicht verstehen, wie es so weit kommen konnte. Ein Campingplatz, genau vor seiner Haustür! Als ob die zwei Plätze in Krems und Rossatz nicht gereicht hätten! Wer hat seinem idiotischen Nachbarn nur die Genehmigung zur Errichtung des Campingplatzes erteilt? Welchem Wahnsinnigen hat er diesen Touristenzirkus zu verdanken? Da steckt sicher Freunderlwirtschaft dahinter. Und er darf sich jetzt tagtäglich ärgern.

Riechst du es? Sie grillen schon wieder. Die faulen Säcke haben ihren Spaß, und dir zieht der Rauch ins Haus. Mach was! Unternimm endlich etwas! Lass dir das nicht länger gefallen! Radier sie aus!

Ausradieren. Klingt verlockend. Ausradieren. Alle Touristen ausradieren. Dann kann er endlich wieder in Ruhe schlafen. Dann bleibt ihm das nächtliche Gegröle besoffener Camper erspart. Keiner mehr, der ihn mit viel zu lauter Hitparadenmusik belästigt. Keiner mehr, der Spaß hat und das Leben genießt, während er an den nächsten Arbeitstag denken muss.

Geh in den Keller und hol dir ein Gewehr! Stell dir vor, sie sind Wildschweine oder Rehe, Hirsche und Hasen! Das kannst du doch!

Er schmunzelt. Die Idee gefällt ihm. Langsam steht er auf. Er schleicht aus der Küche, die Kellerstiegen hinab. Vor dem Kasten, in dem seine Jagdgewehre auf ihren Einsatz warten, bleibt er stehen. Er greift nach dem kleinen Schlüssel, den er immer bei sich trägt. In der rechten Hosentasche. Dann sperrt er auf. Wenig später sitzt er wieder in der Küche und schaut aus dem Fenster.

Es ist heiß heute. Furchtbar heiß. Da sind sie wieder, die Bierbäuche, Speckrollen und Cellulitisärsche.

Waidmannsheil!

Er lacht laut auf, während er das Küchenfenster öffnet. Voller Vorfreude legt er an. Die Fette da hinten erinnert ihn an ein Wildschwein. Treffer! Der Typ da drüben ist mindestens ein Zwölfender. Treffer! Und da! Ein hübsches, zierliches Reh! Treffer!

*

»Guten Tag, Herr Chefinspektor Meierhofer. Wollen S' auch einen Kaffee?« Chefinspektor Meierhofer schüttelte den Kopf. Ein Kaffee war momentan, ausnahmsweise mal, keine gute Idee. Er war sowieso schon gereizt. Seinen Angelausflug konnte er vergessen, und das nur, weil irgend so ein Wahnsinniger das Bedürfnis gehabt hatte, sich sein Jagdgewehr zu schnappen und kaltblütig fünf Touristen abzuknallen.

Dabei hatte er sich schon so auf ein erholsames Wochenende in Ottenstein gefreut. Am Stausee, einer Oase der Ruhe. Nicht umsonst stand dort sein zweites Zuhause, ein etwas älterer, gemütlicher Wohnwagen, in dem er schon viele schöne Stunden verbracht hatte. Meierhofer lief es kurz kalt über den Rücken, als ihm bewusst wurde, dass er dort selbst ein campender Tourist gewesen wäre, wie jene, die hier gerade erschossen worden waren.

Der fünfundfünfzigjährige Kriminalbeamte ließ seinen Blick über das Gelände schweifen. Eigentlich war es nicht zu glauben, dass in dieser Idylle ein derartig grausames Verbrechen stattfinden konnte.

Der Campingplatz war von atemberaubend schönen, hellgrünen Weinbergen umgeben, dahinter erstreckte sich das dunklere Grün des Dunkelsteinerwaldes. Den Platz selbst dominierte ebenfalls die Farbe Grün – unzählige alte Linden, Birken und Marillenbäume spendeten den Urlaubern in ihren Wohnwägen, Wohnmobilen und Zelten Schatten, und die Donau, die, wie böse Zungen möglicherweise behaupten würden, meist ebenfalls eher schön grünbraun als schön blau war, konnte nur wenige hundert Meter entfernt sein. Das hier war die Kulisse eines Heimatfilms, die Kulisse von *Mariandl* oder der *Donauprinzessin*, nicht die eines brutalen Krimis. Galt Grün nicht als die Farbe der Hoffnung? Für die fünf Touristen, die heute hier abgeknallt worden waren, gab es keine Hoffnung mehr, nicht die geringste.

Erst jetzt nahm Meierhofer die Menschen wahr, die ihn und seine Kollegen neugierig beobachteten. Natürlich! Die Schaulustigen. Kein Tatort ohne Schaulustige. Überall standen sie herum. Die meisten der Zuschauer waren wohl Camper, viele von ihnen waren kreidebleich und hatten verquollene Augen, aber Meierhofer ging davon aus, dass sich auch der eine oder andere Einheimische unter die Voyeure gemischt hatte. Kein Wunder. Ein Amoklauf auf dem ortseigenen Campingplatz war ja auch nicht unbedingt etwas Alltägliches.

Sie lebten in der Idylle, im über die Landesgrenzen hinaus bekannten und beliebten Weltkulturerbe Wachau, hier war man so etwas nicht gewohnt. In dieser ländlichen Idylle passierte so etwas eigentlich nicht. In Amerika vielleicht, unter Umständen auch noch in Wien, aber doch nicht in der friedlichen Wachau! Schreckliche Verbrechen gab es natürlich auch in dieser Gegend immer wieder, aber Amokläufe, das passte nicht hierher. Während Meierhofer die Landschaft um den Tatort noch einmal betrachtete, dachte er daran, dass es einige Sagen aus diesem Landstrich gab, in denen der Teufel persönlich vorkam. Er hatte die Wachau angeblich schon öfters heimgesucht. Heute hatte er wohl auch seine Hände im Spiel gehabt. Wer sonst als der Teufel selbst konnte den Täter geritten haben? Wie kam jemand bloß auf die Idee, einfach so fünf Touristen auszulöschen?

»Guten Tag, Herr Chefinspektor. Schön, dass Sie kommen konnten. Ich hoffe, wir haben Ihnen damit nicht allzu viele Umstände gemacht.«

Meierhofer lächelte seinem neuen, jungen Kollegen zu.

»Nein, nein. Geht schon«, log er.

Er hatte keine Ahnung, wie er seine Frau besänftigen würde. Irene war stinksauer, weil schon wieder ein gemeinsames Wochenende ins Wasser fiel. Sie genoss die Ruhe in Ottenstein mindestens genauso sehr wie er, auch wenn sie sich, im Gegensatz zu ihm, nie am Angeln versuchte. Sie schwamm, las und kochte lieber. In Ottenstein zelebrierten sie eine beinahe steinzeitliche Rollenverteilung – Meierhofer ging auf die Jagd, und seine bessere Hälfte war dafür zuständig, die erbeuteten Fische zuzubereiten. Irene war zu Recht sauer, dass sie ihr Wochenende zuhause verbringen musste.

»Deine Arbeit geht vor, Hans, ich weiß. Nach all den Jahren sollte ich mich eigentlich schon daran gewöhnt haben«, hatte sie enttäuscht geflüstert, als er das Haus verlassen hatte.

Ging seine Arbeit wirklich immer vor? Er dachte an die vielen gemeinsamen Abendessen und Ausflüge, die geplatzt waren, weil ihm ein Bereitschaftseinsatz dazwischengekommen war. Immer nicht, aber meistens.

»Also, was haben Sie bis jetzt?«

Meierhofer musterte seinen jungen, dunkelhaarigen Kollegen neugierig. Wie hieß der Kerl noch einmal? Was für ein Kriminalbeamter war er nur, wenn er sogar die Namen seiner Kollegen vergaß?

»Wir haben eine ganze Menge. Unser Verdächtiger heißt Paul Simmlinger – ein neununddreißigjähriger, selbstständiger Webdesigner. Hat die Homepages so ziemlich aller Vereine und Betriebe hier in der Gegend designt. Außerdem ist er leidenschaftlicher Jäger. Er wohnt da drüben, in dem hübschen, kleinen Landhäuschen, ist Junggeselle und hier im Ort eigentlich recht beliebt. Bis jetzt hat er auf alle Fälle noch nie Probleme gemacht. Nicht einmal eine Anzeige wegen Trunkenheit am Steuer oder Falschparkens. Ein vorbildlicher Mitbürger. Bis heute. Fünf Menschen hat er erschossen. Allesamt Touristen und alle Österreicher. Zwei Frauen und drei Männer. Etliche der Camper hier haben noch versucht, ihnen zu helfen, aber sie hatten keine Chance mehr. Dieser Simmlinger ist anscheinend ein verdammt guter Jäger.«

Meierhofer schüttelte den Kopf. Warum tat jemand so etwas Verrücktes? Fünf Menschen töten. Einfach so.

»Haben wir ein Motiv?«, fragte der etwas übergewichtige

Chefinspektor mit den graumelierten Haaren, während er über seinen ebenfalls graumelierten Vollbart strich.

Sein junger Kollege legte die an sich makellose Stirn in Falten. In diesem Moment fiel Meierhofer dessen Name ein. Zauner, der Gruppeninspektor hieß Zauner. Zauners Stirn entspannte sich wieder. »Na ja, es gibt da schon etwas. Aber ob wir es wirklich als Motiv durchgehen lassen können? Er behauptet, die Stimmen hätten ihn dazu getrieben.«

»Die Stimmen?«

Meierhofer zog erstaunt die Augenbrauen hoch.

Zauner nickte.

»Ja, genau, die Stimmen. Anscheinend hört dieser Simmlinger schon seit einigen Tagen Stimmen.«

»Also, wenn ich eine Stimme höre, dann ist es meistens die meiner Frau«, raunte Meierhofer, was seinem jungen Kollegen ein Lächeln entlockte. Klar, der hatte noch allen Grund zum Schmunzeln. Nachdem er keinen Ring trug, war er wahrscheinlich unverheiratet, und so, wie er aussah, hatte er sicher alle paar Wochen eine neue Freundin.

»Stimmen. Tolles Motiv«, flüsterte Meierhofer in sich hinein. Der Chefinspektor war nun erst recht sauer. Sein Wochenende in Ottenstein war ins Wasser gefallen wegen eines Wahnsinnigen, der Stimmen hörte. Großartig!

»Dann zeigen Sie mir bitte mal die Opfer, Gruppeninspektor Zauner!«, meinte er, während er sich dem Tatort näherte.

»Staudinger, Herr Chefinspektor. Mein Name ist Staudinger.«

Meierhofer seufzte. Vielleicht sollte er es doch ernsthaft in Erwägung ziehen, in Frühpension zu gehen. Immerhin war er schon fünfundfünfzig. Außerdem war der Amtsarzt ein guter Freund von ihm. Irgendetwas würde er schon finden.

Meierhofer stoppte. Die fünf Leichen vertrieben die Gedanken an die Frühpension rasch wieder aus seinem Kopf. Sie waren kein schöner Anblick. Aber welche Leiche war das schon? Wenigstens hatten die Opfer nicht lange leiden müssen. Der Täter war tatsächlich ein hervorragender Schütze. Drei der Toten hatte er genau ins Herz getroffen, den anderen beiden hatte er Kopfschüsse verpasst.

»Hat er eigentlich versucht, die Tat zu leugnen?«, fragte Meierhofer den jungen, schlanken Kollegen, von dem er nun wusste, dass er Staudinger hieß.

»*So jung und schlank war ich auch mal, leider aber nie so gutaussehend. Dieser Staudinger ist mit hundertprozentiger Sicherheit ein Frauenheld*«, schoss es ihm dabei durch den Kopf.

Gruppeninspektor Staudinger schüttelte den Kopf.

»Nein, überhaupt nicht. Als wir am Tatort eingetroffen sind, hat er immer noch dort am offenen Fenster gesessen. Mit dem Gewehr in der Hand. Er hat gegrinst. Er hat gegrinst und ständig *Jetzt sind sie zufrieden* geflüstert.«

Meierhofer fuhr sich wieder über seinen Vollbart. Er tat das gerne, wenn er nachdachte. Eine seiner vielen Macken, wie Irene meinte.

»Damit hat er diese Stimmen gemeint, nicht wahr, Kollege Staudinger?«, raunte er. Der Chefinspektor nahm sich vor, den Namen des neuen Kollegen so häufig wie möglich zu wiederholen, damit ihm so ein peinlicher Fehler wie eben nicht wieder passieren würde. Er wollte ja nicht, dass man ihn für komplett senil hielt. Vielleicht im Ansatz senil, aber nicht komplett.

Staudinger nickte zustimmend.

»Genau. Er hat damit diese Stimmen gemeint.«

»Müssen ganz schön quälend sein, diese Stimmen, wenn sie jemanden dazu bringen können, einfach so fünf Menschen zu töten«, flüsterte Meierhofer vor sich hin.

Sein junger Kollege zuckte mit den Schultern.

»Anzunehmen. Denken Sie, wir haben es mit der Tat eines psychisch Kranken zu tun?«

Chefinspektor Meierhofer bückte sich, um eine der Leichen näher zu betrachten. Es war eine junge Frau. Eine hübsche, junge Blondine, die einen knappen, roten Bikini trug. Einen Bikini, dessen Oberteil schon rot gewesen war, bevor das Blut es durchnässt hatte. Ewig schade um das Mädel. Es hätte noch sein ganzes Leben vor sich gehabt.

»An sich wäre das natürlich möglich. Allerdings passt es nicht so recht zu dem, was Sie mir über diesen Herrn Simmlinger erzählt haben. Wäre es den Leuten im Ort nicht aufgefallen, wenn er psychische Probleme gehabt hätte? Oder hat er sie möglicherweise einfach nur gut vertuscht? Es soll ja Menschen geben, die Profis darin sind, ihre Probleme vor anderen geheim zu halten. Überprüfen Sie auf alle Fälle, ob der Verdächtige in dieser Hinsicht eine Vorgeschichte hat! Vielleicht hat er ja mal eine Therapie gemacht. Wir sollten auch in Betracht ziehen, dass er unter Umständen unter Drogen- oder Medikamenteneinfluss stand.«

»Therapie, Drogen- oder Medikamenteneinfluss. Wird überprüft«, murmelte Staudinger und machte sich dabei eifrig Notizen.

Meierhofer umrundete die Leiche der jungen Frau.

Dann meinte er: »Zurück zum Motiv, Kollege Staudinger. Ist es möglich, dass der Verdächtige seine Opfer gekannt hat?«

Staudinger schüttelte den Kopf.

»Das halte ich für sehr unwahrscheinlich, Herr Chefinspektor. Die fünf Opfer sind zwar alle Österreicher, aber sie haben nichts miteinander zu tun und kommen aus den unterschiedlichsten Ecken des Landes. Außerdem haben die Augenzeugen berichtet, dass der Verdächtige plötzlich das Fenster geöffnet und wild um sich geschossen hat. Die fünf Opfer hatten einfach das Pech, zum falschen Zeitpunkt am falschen Ort zu sein. Etliche andere konnten, Gott sei Dank, rechtzeitig reagieren und sich in Sicherheit bringen.«

Meierhofer nickte, während er sich erneut über den Bart strich.

»Es war also augenscheinlich kein exakt geplantes Verbrechen?«

»Ich denke nicht. Sieht eher nach einem spontanen, ungeplanten Amoklauf aus. Glücklicherweise kommt das bei uns eigentlich nie vor – bis auf heute eben. Aber in Amerika, da haben die so was ja praktisch jeden Tag«, erwiderte der junge Polizist, während er Meierhofer zu einer weiteren Leiche begleitete. Einem älteren, stattlichen Mann, der den Chefinspektor erschreckend an sich selbst erinnerte. Ihn hatte der Verdächtige mit einem gezielten Kopfschuss richtiggehend exekutiert. Meierhofer runzelte die Stirn. »Jeden Tag bräuchten wir so was wirklich nicht. Aber wie Sie gerade selbst gesagt haben, Kollege Staudinger, in Österreich sind derartige Verbrechen ja glücklicherweise nicht an der Tagesordnung.«

2

Als Hans Meierhofer an diesem Abend nachhause kam, roch er schon von weitem, dass Irene ihm verziehen hatte. Rindsrouladen mit Spätzle und Rotkraut. Das war eines der schönsten Friedensangebote überhaupt. Der Fünfundfünfzigjährige stand im Vorhaus und beobachtete seine Frau, die in der Küche werkte. Welch ein Glück hatte er, sie an seiner Seite zu wissen! Seit beinahe vierzig Jahren waren Irene und er nun ein Paar, und obwohl es zwischen ihnen beinahe jeden Tag Reibereien gab, konnte er sich ein Leben ohne sie nicht vorstellen. Verheiratet mit seiner ersten Liebe. Eigentlich waren sie beide ein Relikt vergangener Tage. Außerirdische.

Die meisten Paare in ihrem Freundeskreis hatten es nicht annähernd so lange miteinander ausgehalten wie Irene und er. Seitensprünge, Geldsorgen, Ärger mit dem Nachwuchs – die Scheidung war für viele ihrer Bekannten unausweichlich gewesen. Bei ihnen war das anders. Für Seitensprünge waren sie beide zu bequem und außerdem zu sehr Realisten. Wieso etwas Altbewährtes in Gefahr bringen, nur weil einen vorübergehend das Neue reizte? Der Reiz des Neuen hielt ja ohnehin nur so lange an, solange das Neue neu war, und spätestens nach ein, zwei Jahren war nichts mehr neu.

Gröbere Geldsorgen hatten sie eigentlich auch nie geplagt. Beide gemeinsam, Irene arbeitete in einer Bibliothek, verdienten so viel, dass sie gut leben konnten. Mehr als gut leben hatten sie beide nie gewollt. Teure Autos, Reisen, Boote oder Häuser – das war nicht ihre Welt. Sie waren zufrieden mit ihrem kleinen Einfamilienhaus, das sie kurz nach der Hochzeit mit der Hilfe ihrer Eltern, Tanten und Onkel, Cousins und Kusinen selbst gebaut hatten.

Und Ärger mit dem Nachwuchs? Der hatte sich eigentlich auch in Grenzen gehalten. Sie hatten eine Tochter, Marianne, benannt nach dem Mariandl aus dem gleichnamigen Heimatfilm mit Conny Froboess, Waltraut Haas und Rudolf Prack, der einer der ersten Filme gewesen war, den Irene und er gemeinsam gesehen hatten. Ihr Mariandl hatte ihnen zum Glück kaum Sorgen bereitet, sogar während der Pubertät war sie verhältnismäßig pflegeleicht gewesen.

Meierhofers Augen wurden kurz feucht, als er daran dachte, wie er Marianne, die damals noch ein Baby gewesen war, das Lied *Mariandl* vorgesungen hatte, zwar nicht so schön wie Paul Hörbiger in *Hofrat Geiger*, aber doch voller Gefühl.

Warum verging die Zeit bloß so schnell? Gerade noch hatte er seinem kleinen Kind vorgesungen, seinem großartigen Kind, und jetzt war er bald ein alter Mann.

Der einzige Wermutstropfen in seiner Ehe war vielleicht, dass es bei einer Tochter geblieben war. Nach mehreren Fehlgeburten hatten sie irgendwann akzeptiert, dass es wohl einfach nicht sein sollte. Sie hatten sich damit zufriedengegeben, ein gesundes Kind zu haben. Den Kummer einer weiteren Fehlgeburt hätten sie wohl beide nicht überstanden. Daran hätte ihre Beziehung dann möglicherweise doch zerbrechen können. Nun hatten sie also eben nur eine Tochter, und im Nachhinein gesehen, war das auch ganz gut so. Eine Tochter, einen sympathischen Schwiegersohn und einen großartigen Enkel, den zehnjährigen Lukas, der ihrer beider Augenstern war.

All das schoss Hans Meierhofer durch den Kopf, als er seine Frau dabei beobachtete, wie sie die Spätzle nach dem Abseihen in eine große Pfanne schüttete, in der ein beachtliches Stück Butter vor sich hin schmolz.

»*Dein Cholesterinspiegel lässt grüßen*«, dachte Meierhofer schmunzelnd.

Irene rückte ihre Brille zurecht, die, wie so oft, in Richtung Nasenspitze gerutscht war. Eine ihrer unzähligen Macken. Wahrscheinlich lag die Kunst einer langjährigen Beziehung darin, dass man die Eigenheiten des anderen akzeptierte, nein, mehr noch, dass man diese irgendwann sogar liebenswert fand.

Wieder einmal wurde ihm bewusst, wie gut sich Irene gehalten hatte. Sie war zweiundfünfzig, immer noch ziemlich schlank und hatte kurze Haare, die seit einiger Zeit mehr weiß als braun waren, was ihr aber nichts ausmachte, weil es ihr hervorragend stand. Während ihn das Grau in seinen Haaren und seinem Bart alt machte, wirkte Irene mit ihren weißen Strähnen trotzdem beinahe jugendlich. Aber vielleicht lag das auch an diesem frechen, lebhaften Flackern in ihren großen, braunen Augen, das ihn schon vor etwa vierzig Jahren begeistert hatte.

»Mmh, das riecht köstlich«, schwärmte Meierhofer, als er die Küche betrat.

Rasch ging er auf den Herd zu, um mit den Fingern nach ein paar Spätzle zu schnappen, die sich mittlerweile mit der goldbraunen Butter vermischt hatten. Das brachte ihm einen Klaps auf die Hand und ein gespielt erzürntes »Finger weg!« seiner besseren Hälfte ein.

»Deck lieber auf!«, meinte sie schmunzelnd, während sie sich am Rotkraut zu schaffen machte.

Hans Meierhofer folgte dem Befehl, wie immer, zügig und wortlos. Er ging zum Geschirrschrank, öffnete ihn und nahm zwei der grünblau gestreiften Gmundner Keramik-Teller heraus, die Irene und er jeden Tag benutzten. Außerdem noch zwei passende Schüsseln für das Rotkraut. Er mochte es nicht, wenn das Gemüse und die Rindsrouladen-Soße sich miteinander vermischten.

Als er in der Bestecklade kramte, fragte Irene vorsichtig: »Und, sehr schlimm?« Meierhofer nickte nur stumm. Plötzlich spürte er den Kloß in seinem Hals, den er bis jetzt eisern ignoriert hatte. Eigentlich war er für einen Kriminalbeamten viel zu sensibel.

»Ja, sehr schlimm. Fünf Tote. Einfach so kaltblütig erschossen. Alles Urlauber, die es sich auf dem Campingplatz drüben an der Donau gut gehen lassen wollten. Jetzt sind sie tot.«

Irene blickte ihn entsetzt an.

Die große gusseiserne Pfanne voll Spätzle vibrierte kurz in ihren Händen. Im Gegensatz zu ihrem Mann schien sie sich nicht daran zu gewöhnen, dass immer wieder unglaublich Schreckliches um sie herum passierte.

»Das ist ja furchtbar! Warum macht jemand denn so etwas?«

Hans Meierhofer zuckte mit den Schultern.

»Das ist ja das Seltsame an diesem Fall. Unser Verdächtiger behauptet, dass ihn irgendwelche Stimmen dazu getrieben haben.«

Irene stellte die Pfanne auf den Esstisch. Gleich neben den Topf voll Rotkraut, der einen wunderbaren Duft verströmte.

»Stimmen? Also ist er psychisch krank, euer Verdächtiger?«

Meierhofer zuckte erneut mit den Schultern, wobei er dieses Mal auch die Stirn in Falten legte.

»Wäre schon möglich, aber mein Bauch sagt mir, dass es nicht so ist. Da steckt irgendetwas anderes dahinter.«

Irene schmunzelte.

»Na, wenn dir das dein Bauch sagt, wird es schon so sein. Immerhin hat er eine ziemlich gewichtige Stimme, dein Bauch.«

Meierhofer gab ihr einen leichten Klaps auf den Hintern.

»Du bist doch nur neidisch, weil du kein Prachtstück von Bauch hast. So, und jetzt lass mich meinen Wamst pflegen!«

Nun lachte Irene, was ihr eindeutig besser stand als der erschrocken-besorgte Gesichtsausdruck von vorhin. Sie griff nach dem riesigen Schöpfer, der auf dem Tisch bereitlag und hob den Deckel von dem uralten Topf, den schon Meierhofers bereits verstorbene Mutter benutzt hatte, und in dem die stattlichen Rindsrouladen in sämiger Soße schwammen.

»Also gut, pflegen wir deinen Wamst! Zwei Rindsrouladen oder drei?«

»Drei, heute habe ich mir drei verdient.«

Als Chefinspektor Meierhofer Rindsrouladen, Spätzle und Rotkraut in sich hinein schaufelte, vergaß er kurz die schrecklichen Bilder, die ihn heute den ganzen Tag begleitet hatten. Für einen

Moment war alles ruhig und friedlich. Doch leider eben nur für einen Moment.

*

Er sieht sie an. Lange sieht er sie an. Was hat er nur einmal an ihr gefunden? Gut, die äußere Hülle ist immer noch ganz schön scharf, aber der Mensch darunter ist eine Katastrophe. Egoistisch, gehässig, verletzend, untreu.

Bis, dass der Tod euch scheidet. Ha! Von wegen für immer und ewig. Jetzt betrügt sie dich mit deinem besten Freund. Lässt du dir das wirklich gefallen?

Da sind sie wieder, die Stimmen, die er seit etlichen Tagen hört, wann immer er sie ansieht. Die Stimmen gehen ihm gewaltig auf die Nerven. Vor allem, weil sie recht haben. Sie ist ihm ja wirklich untreu. Brennende Wut steigt in ihm hoch, wenn er nur daran denkt. Schon seit Monaten betrügt sie ihn mit Robert, und die beiden glauben auch noch, dass er nichts davon weiß. Aber er weiß alles. Schließlich ist sie so dumm, ihr Handy frei herumliegen zu lassen. Roberts letzte SMS war heiß, ziemlich heiß.

Heiß. Sie mag es gerne heiß. Warum heizt du ihr nicht ein bisschen ein? In der Gartenhütte steht doch noch dieser Benzinkanister. Los! Hol ihn!

Er grinst. Das ist eigentlich gar keine schlechte Idee.

Los geht's! Das wird ein Freudenfeuer. Mach schon, hol endlich den Kanister!

Das Grinsen in seinem Gesicht wird noch breiter. Er sieht sie an. Sie liegt auf dem Bett und schläft tief und fest. Kein Wunder, besoffen, wie sie ist. Jetzt oder nie. Wenn er es jetzt erledigt, funkt sie ihm sicher nicht dazwischen.

Er steht auf und schleicht zur Haustür. Rasch durchquert er den relativ großen, gepflegten Reihenhausgarten. Den Kanister hat er schnell gefunden. Schließlich hält er ja Ordnung in seiner Gartenhütte. Er sieht sich um. Keiner beobachtet ihn. Seine Nachbarn sind entweder ausgeflogen oder schauen fern. Hastig eilt er ins

Haus zurück. Im Schlafzimmer angekommen, sieht er sie wieder lange an.

Schau sie dir an! Sternhagelvoll ist sie. Widerlich! Sie ist schon lange nicht mehr die, in die du dich verliebt hast. Mach sie heiß! Ha ha ha!

Er lacht leise auf.

Im selben Moment hört er, wie ihr Handy auf dem Nachtkästchen zu vibrieren beginnt. Doch nicht etwa eine SMS von Robert? Worauf wartet er eigentlich noch? Er öffnet den Kanister. Benzingeruch strömt ihm entgegen. Dann beginnt er, das Benzin zu verschütten. Auf dem Bett und auch rundherum. Kurz bewegt sie sich. Er hält inne. Sie grunzt etwas und schläft weiter. Er verteilt auch noch den Rest sorgsam. Dabei pfeift er leise vor sich hin.

Pass nur auf, dass du dich nicht nass machst! Sonst bist du selbst dran!

Natürlich passt er darauf auf – er ist doch nicht lebensmüde! Nun greift er in die linke Tasche seines Bademantels und zieht sein teures Benzinfeuerzeug heraus. Dann schlüpft er aus dem Frottee-Bademantel, der ein bisschen was abbekommen hat, und legt ihn auf das Bett. Jetzt steht er in seiner schneeweißen Feinripp-Unterwäsche vor dem großen Ehebett, in dem schon lange nichts anderes mehr gemacht wird, als tief und fest geschlafen.

Klar. Sie braucht ihre Energie ja für Robert. Was er wohl hat, das du nicht hast? Los geht's! Lass sie brennen!

Er zieht sich seine Crocs aus, weil er nicht sicher ist, ob die nicht auch ein bisschen feucht geworden sind, und schleudert sie auf das Bett. Dann schleicht er zum großen Schlafzimmerfenster und öffnet es. Er wirft einen letzten Blick auf sie und geht leise nach draußen. So ein Glück, dass das Schlafzimmer im Erdgeschoß liegt. Er steht nun im Garten, vor dem offenen Schlafzimmerfenster. Das Bett trifft er mit Sicherheit. Immerhin war er mal der Star der hiesigen Handballmannschaft.

Mach schon!

Er greift nach seinem Feuerzeug.

Auf die Plätze, fertig, Feuer, los!

Der Knall ist ohrenbetäubend. Er lacht laut auf. Das hat er gut gemacht. Hexen gehören schließlich verbrannt.

*

Meierhofers Prachtbauch war gerade dabei, die drei Rindsrouladen samt Spätzle und Rotkraut zu verdauen, als sein Handy läutete.

»Nein. Bitte nicht! Was ist denn jetzt schon wieder los?«, raunte der Kriminalbeamte mürrisch, während er nach seinem Diensttelefon griff.

»Meierhofer«, bellte er, ohne sich die Mühe zu machen, seinen Unmut zu verbergen. Es war Gruppeninspektor Staudinger. Meierhofer lauschte der Stimme seines jungen Kollegen. Mit einem Mal war die bleierne Müdigkeit, die ihn nach jedem üppigen Essen überfiel, wie weggeblasen. Allerdings spürte er nun wieder diesen lästigen Kloß in seinem Hals. Was er da hörte, gefiel ihm nicht, überhaupt nicht.

»Ich komme gleich. Geben Sie mir zehn Minuten.«

Irene, die schon beim ersten Läuten des Handys gewusst hatte, dass sie den Rest des Abends allein verbringen würde, griff nach ihrem Buch.

»Geh nur! Ich möchte diesen Krimi ohnehin schon seit Tagen zu Ende lesen. Bis du wieder da bist, weiß ich, wer der Mörder ist.«

Hans Meierhofer bückte sich zu seiner Frau hinunter und gab ihr einen flüchtigen Kuss auf die linke Wange.

»Bis ich wieder da bin, weiß ich hoffentlich auch, wer der Mörder ist«, murmelte er leise.

*

»Guten Abend, Herr Chefinspektor Meierhofer. Wollen S' auch einen Kaffee?« Meierhofer überlegte kurz. Die Rindsrouladen lagen ihm doch ziemlich im Magen. Wenn er gewusst hätte, dass er heute Abend nochmal raus musste, hätte er nur zwei davon gegessen. Aber hätt‘ i – war‘ i brachte ihn jetzt auch nicht weiter. Die drei Rindsrouladen waren dort, wo sie waren. Ein Kaffee zur Verdauung war vielleicht gar keine schlechte Idee.

»Gerne«, raunte er, so freundlich er es den Umständen entsprechend zustande brachte.

Meierhofer beobachtete die junge Polizistin, die nach einer großen Thermoskanne griff und die dampfende, schwarze Flüssigkeit in einen Plastikbecher laufen ließ. Wie sehr das ins Klischee passte. Die junge, hübsche Polizistin schenkt dem alternden, nicht mehr ganz so hübschen Kriminalinspektor am Tatort eine Tasse Kaffee ein. Eigentlich ein Fall für die Gleichbehandlungskommission.

»Milch und Zucker?«, fragte sie lächelnd.

Meierhofer schüttelte den Kopf.

»Danke, passt schon«, erwiderte er.

Normalerweise konnte er gar nicht genug Milch im Kaffee haben, sein Lieblingsgetränk war ein Latte macchiato, gepaart mit der einzigartigen Atmosphäre eines der vielen Kremser Kaffeehäuser, aber zur Verdauung an einem grauenhaften Tatort war er ihm schwarz lieber. Der Chefinspektor nahm einen kräftigen Schluck. Sofort protestierten die Geschmacksknospen in seinem Mund. Das war kein Kaffee, das war schwarzer, koffeinhaltiger Lack! Wenn ihn der nicht richtig munter machen würde, dann keiner.

Meierhofer blickte sich um. Eins, zwei, drei, vier, fünf, sechs, sieben, acht – acht Einsatzfahrzeuge der Feuerwehren aus dem Kremser Umkreis, beachtlich. Allerdings kein Wunder, bei dem Zustand, in dem sich das kleine, blaue Reihenhaus vor ihm befand. Viel war davon nicht mehr übrig. Anscheinend hatte es eine Weile gedauert, bis man die Feuerwehr verständigt hatte, was für ein Reihenhaus eigentlich seltsam war. Bei dieser Zahl an Nachbarn musste doch irgendeiner mitbekommen, wenn eines der Häuser in Flammen stand? Aber wahrscheinlich handelte es sich hier um eine der vielen neuen Reihenhaussiedlungen, in denen sich die Nachbarn auch nicht mehr wirklich kannten. Marianne, die mit Karl und Lukas ebenfalls in einem Reihenhaus lebte, erzählte manchmal, dass es bei ihnen so war. Die Fluktuation unter den Nachbarn war enorm. Ständig zog irgendwo irgendwer aus und wieder irgendwer Neues ein, meist aufgrund einer Trennung oder Scheidung. Vom ländlichen *Jeder kennt jeden* war man in vielen modernen Reihenhaussiedlungen wohl auch schon ziemlich weit entfernt.

Wie auch immer, die Flammen hatten auf alle Fälle Zeit genug gehabt, um einen Teil des blauen Häuschens buchstäblich aufzufressen. Wenigstens hatten die Einsatzkräfte ein Übergreifen des Feuers auf die benachbarten Reihenhäuser, die beide durch Garagen von dem betroffenen Haus getrennt wurden, verhindern können.

Der Chefinspektor gönnte sich einen weiteren Schluck Kaffee, besser gesagt, er tat sich einen weiteren Schluck des koffeinhaltigen Gebräus an. Die drei Rindsrouladen in seinem Magen schien das allerdings wenig zu beeindrucken.

Gruppeninspektor Staudinger riss Meierhofer abrupt aus seinen Gedanken.

»Guten Abend, Herr Chefinspektor. Dass ich Sie heute nochmal sehe, hätte ich auch nicht zu hoffen gewagt.«

»War das jetzt ein Kompliment, Herr Kollege Staudinger? Ich muss Sie enttäuschen«, Meierhofer deutete schmunzelnd auf seinen Ehering, »wie Sie sehen können, bin ich bereits verheiratet«.

Staudinger, der genauso frisch und fesch aussah wie heute Vormittag auf dem Campingplatz, lachte kurz auf, dann konterte er: »So ein Pech aber auch. Na ja, wenigstens haben Sie sich meinen Namen gemerkt. Ich fühle mich geschmeichelt.«

Meierhofer fand, dass dieser neue, junge Kollege durchaus sympathisch war. Er war schlagfertig und hatte Humor. Etwas, das in ihren Kreisen leider viel zu selten vorkam.

»Also, Herr Kollege Staudinger, was ist hier passiert? Ein Unfall war das wohl eher nicht, oder?«

Staudinger schüttelte vehement den Kopf.

»Ein Unfall? Nein, sicher nicht. Das war Brandstiftung, oder besser gesagt Mord. Eigentlich eine Hinrichtung. Der Verdächtige hat einen Zehnliterkanister Benzin im Schlafzimmer verschüttet, bevor er durch das offene Fenster von draußen ein brennendes Feuerzeug rein geschleudert hat. Muss ganz schön geknallt haben, da drinnen.«

»Wie viele Opfer gibt es nun? Ist es bei einem geblieben? Ich nehme an, die Damen und Herren von der Feuerwehr haben das Haus genauestens durchsucht?«

Meierhofer dachte für einen Moment daran, dass Lukas seit kurzem bei der Freiwilligen Feuerwehr war. Die Vorstellung, dass sein Enkerl irgendwann in einem brennenden Gebäude nach Überlebenden suchen würde, gefiel ihm gar nicht. War schon beachtlich, was diese Helden des Alltags während ihrer Einsätze so leisteten, beachtlich, aber auch nicht ganz ungefährlich.

»Ja, natürlich wurde alles genau durchsucht. Es gibt, Gott sei Dank, wirklich nur ein Opfer. Die Ehefrau des Verdächtigen. Die Gute ist jetzt nur noch Brikett.«

Dieser Staudinger hatte tatsächlich Humor. Ziemlich schwarzen Humor, wie es schien.

»Laut den Angaben des Verdächtigen war das Opfer so betrunken, dass es von all dem überhaupt nichts mitbekommen hat. Glücklicherweise.«

Meierhofer schluckte kurz. Auch wenn es *nur* ein Opfer gab – sechs Tote an einem Tag, das war heftig. So etwas hatte er während all der Jahre, die er nun schon als Kriminalbeamter arbeitete, noch nie erlebt.

»Was wissen wir über den Verdächtigen?«

Staudinger hatte anscheinend nur auf diese Frage gewartet. Sofort legte er los: »Der Verdächtige heißt Helmut Hüberl. Ein achtunddreißigjähriger Gärtner.«

Meierhofer konnte nicht anders. Er musste kurz schmunzeln, als ihm die Zeile *Der Mörder ist immer der Gärtner* durch den Kopf schoss. Staudinger schien das gar nicht aufzufallen.

Er erklärte weiter: »Seine Nachbarn sind alle entsetzt, zumindest die paar, die ihn kannten. Helmut Hüberl ist angeblich die Nettigkeit in Person. Außerdem waren er und seine Frau laut der Schaulustigen da drüben ein glückliches, harmonisches Ehepaar.«

Ach ja, die Schaulustigen. Die waren ihm noch gar nicht aufgefallen.

»Sonst noch etwas?«, fragte der Chefinspektor seinen jungen Kollegen.

Der nickte eifrig.

»Interessant ist vielleicht noch, dass dieser Hüberl nicht einmal ansatzweise versucht hat, die Tat zu leugnen.«

Meierhofer überkam ein eigenartiges Déjà-vu-Gefühl. Er strich nachdenklich über seinen Vollbart.

»Klingt alles sehr nach Paul Simmlinger. Sogar das Alter kommt hin, nicht wahr?«, meinte er schließlich. Staudinger nickte erneut.

»Allerdings. Und wissen Sie, was das Beste an dem Ganzen ist?«

Meierhofer runzelte die Stirn.

»Nein, noch nicht, aber Sie werden es mir mit Sicherheit gleich verraten.«

Staudinger lächelte wissend wie ein Kind, das kurz davor war, verbotenerweise ein Geheimnis zu verraten.

»Raten Sie mal, was unser Verdächtiger gesagt hat, als wir ihn auf der Straße, gegenüber dem Schlafzimmerfenster stehend, aufgefunden haben! Er war dabei übrigens mächtig am Grinsen. Also, was hat er gesagt?«

Meierhofer hatte sich so etwas schon gedacht. Trotzdem spielte er, seinem Kollegen zuliebe, den Erstaunten.

»Doch nicht etwa …?«

Staudingers Lächeln wurde breiter.

»Doch. *Jetzt sind sie zufrieden*.«

»Das heißt dann wohl, er hört auch irgendwelche ominösen Stimmen?«

»Genau das heißt es.«

Der Chefinspektor spürte, wie sich ein unangenehmes Gefühl in seinem Magen breitmachte. Die drei Rindsrouladen waren daran ausnahmsweise nicht schuld. Die auffälligen Parallelen zwischen den beiden heutigen Verbrechen bereiteten ihm Sorgen. Womit hatten sie es hier nur zu tun?

3

Irene Meierhofer war auf die Wohnzimmercouch ausgewandert. Der Grund dafür war nicht ein nächtlicher Ehestreit, sondern die Unruhe ihres Mannes. In dieser Nacht wälzte sich Chefinspektor Meierhofer noch unruhiger durch das gemeinsame Ehebett, als er das ohnehin täglich tat. Schuld daran waren allerdings nicht der am Himmel prangende Vollmond oder die unerträgliche Hitze, sondern die konfusen, wilden, verstörenden Träume, die ihn plagten:

Ein Badehose tragender Staudinger machte ihm am Campingplatz einen Heiratsantrag, den er ablehnte, weil er schon vergeben war. Kurz danach flog ein Wohnwagen in die Luft. Verkohlte und blutüberströmte Zombies jagten ihn, wobei sie ständig die Worte *Jetzt sind sie zufrieden* wiederholten. Außerdem waren da hämisch lachende Jäger, die Benzinkanister in den Händen hielten, Gärtner in Latzhosen und Gummistiefeln, die mit Gewehren herumfuchtelten, und eine hübsche Blondine im roten Bikini, die ihm Rindsrouladen und eine Tasse Kaffee anbot.

Um fünf Uhr früh beschloss er schweißüberströmt, dass es besser war, diese unselige Nacht zu beenden und in einen freiwilligen Wochenenddienst zu starten. Er würde erst wieder seine heilige Ruhe haben, wenn er wusste, was hinter diesen seltsamen Verbrechen steckte.

Meierhofer schlurfte in die Küche, um sich eine Tasse Kaffee zu machen. Einen doppelten Espresso, damit er auch wirklich munter werden würde. Als er mutterseelenallein am Küchentisch saß und den Vögeln lauschte, die bereits den neuen Tag begrüßten, dachte er über das nach, was gestern passiert war. Zwei grauenhafte Verbrechen an einem Tag, und das hier bei ihnen, in der friedlichen Postkartenidylle der Wachau. Irgendetwas stimmte da nicht.

Für die Staatsanwaltschaft und Meierhofers weniger idealistische Kollegen und Vorgesetzte waren die beiden Fälle natürlich ein Traum. Sie hatten zwei Täter, die voll geständig waren, auch wenn sie zum jeweiligen Tatzeitpunkt möglicherweise unzurechnungsfähig gewesen waren. Die Fälle waren eigentlich beide geklärt. Es gab für ihn, so gesehen, nichts mehr zu tun.

Meierhofer strich sich über seinen Vollbart, der im Gegensatz zu seinen, im Moment wild zu Berge stehenden, Haaren immer in bester Form war. Da steckte mehr dahinter! Da steckte mit hundertprozentiger Sicherheit mehr dahinter! Es gab anscheinend Parallelen zwischen den beiden Tätern und augenscheinlich Parallelen zwischen den beiden Verbrechen. Er musste herausfinden, was die beiden Mörder miteinander verband. Verdächtige, nicht Mörder, verbesserte ihn sein Gehirn.

»*Für den bloß Verdächtigen gilt laut Menschenrechtskonvention die Unschuldsvermutung*«, schoss es ihm durch den Kopf.

Und nachdem die beiden mutmaßlichen Mörder noch nicht von einem Gericht verurteilt worden waren, waren sie eben momentan nur Verdächtige. Trotzdem war für ihn klar, dass sie die Täter längst gefasst hatten. Die beiden saßen bereits in Untersuchungshaft.

Meierhofer hatte am Vorabend noch die Chance genutzt, den Verdächtigen Helmut Hüberl gründlich zu befragen. Genau wie Paul Simmlinger war der voll geständig gewesen. Außerdem hatte er dem Chefinspektor von der Affäre seiner Ehefrau berichtet. Ein Motiv wie aus dem Bilderbuch. Trotzdem stimmte im Fall Hüberl etwas nicht. Wie Simmlinger hatte er während des Gesprächs seltsam abwesend gewirkt und ständig diabolisch gelächelt.

Meierhofer hoffte, dass er bald die Ergebnisse der Blutuntersuchung bekommen würde. Er war sich sicher, dass sowohl Simmlinger als auch Hüberl zur jeweiligen Tatzeit unter Drogeneinfluss gestanden hatten. Die Alko-Tests waren bei beiden negativ verlaufen. 0,0 Promille. Vorbildlich. Alkohol war es also nicht, was die beiden so benebelt hatte, dabei hätte eine Benebelung durch Alkohol noch am ehesten in ihre Gegend gepasst. Vom weltweit bekannten Wachauer Wein konnte man schon mal beschwipst sein.

Meierhofer dachte noch einmal an Helmut Hüberls glasige Augen, an das teuflische Grinsen in seinem Gesicht. Dazu das ständig wiederholte *Jetzt sind sie zufrieden*. Es war gespenstisch gewesen.

Der Chefinspektor strich sich über seinen Bart. Im Nachhinein gesehen war gestern überhaupt nicht sein Tag gewesen. Im Laufe des Abends war ihm immer unwohler geworden. Nicht allein des abscheulichen Verbrechens wegen. Auch nicht des bestialischen Gestanks wegen, der über dem Tatort lag. Der Hauptgrund für seine zunehmende Unpässlichkeit war gewesen, dass ihm nach dem Konsum des Kaffeelacks speiübel geworden war. Statt die Rindsrouladen zu bekämpfen, war der nämlich mit den dreien eine unselige Allianz eingegangen. Dazu noch sechs Leichen an einem Tag. Es hatte einfach gereicht.

Chefinspektor Meierhofer gestand es sich nicht gerne ein, aber er war selbst nach all den Jahren, die er nun schon im Dienst war, immer noch sensibel und mitfühlend. Er bewunderte Kollegen, die es schafften, die abscheulichsten Verbrechen nicht an sich herankommen zu lassen. Das hatte er zu seinem Leidwesen nie gekonnt.

Meierhofer war irgendwann, mitten in der Nacht, müde und von Übelkeit geplagt nachhause gekommen und hatte sich schnurstracks in sein Bett begeben. Unglücklicherweise war die erhoffte entspannende Nachtruhe jedoch ausgeblieben.

Was steckte dahinter? Warum verloren zwei, als nett und freundlich bekannte, junge Männer von einem Moment auf den anderen komplett die Kontrolle über sich selbst? Wieso rasteten sie aus und töteten, kalt, grausam und gefühllos, fast wie Roboter, wie Maschinen? Woher kamen diese mysteriösen Stimmen?

Vor allem der Fall Paul Simmlinger ließ Meierhofer nicht los. Helmut Hüberl hatte seine Ehefrau umgebracht, das war selbst hier, in der gelebten Postkartenidylle, nicht allzu ungewöhnlich. Immerhin hatte sie ihn betrogen. Aber einfach so fünf wildfremde Menschen umbringen? Da musste doch irgendetwas dahinterstecken.

»Solltest du um diese Tageszeit nicht eigentlich tief und fest schlafen, Hans?«

Der Chefinspektor hatte gar nicht bemerkt, dass seine Frau in die Küche gekommen war. Sie sah, genau wie er selbst, ein wenig zerstört aus. Ihre Haare standen ihr noch wilder zu Berge als ihm die seinen, außerdem trug sie einen übergroßen, kurzen Pyjama, den sie seit mindestens zehn Jahren hatte und aus irgendeinem ihm unerfindlichen Grund partout nicht in einen Putzfetzen umfunktionieren wollte. Trotzdem fand er sie in diesem Zustand besonders liebenswert. Gleich nach dem Aufwachen hatte ihm seine Gattin schon immer am besten gefallen – das Natürliche, vollkommen Ungeschminkte sprach ihn viel mehr an, als die durch Make-up und stundenlanges Styling erreichte vermeintliche Perfektion. Obwohl Irene ohnehin eine sehr natürliche Frau war, die sich nur selten so richtig aufputzte, Gott sei Dank, er hatte nämlich keine Lust auf eine Modepuppe an seiner Seite. Erst jetzt wurde ihm bewusst, dass sie die Nacht seinetwegen im Wohnzimmer verbracht hatte.

Reumütig meinte er: »Tut mir leid, dass ich dich verscheucht habe, Schatz. War mein Geschnarche zu laut?«

Irene ließ den Wasserkocher vollaufen. Im Gegensatz zu ihm begann sie den Tag mit grünem Tee, ein, wie Meierhofer fand, schrecklich koffeinloser Gedanke. Mit Tee konnte man ihn jagen. Tee, vor allem Kamillentee, war für ihn seit Kindheitstagen mit Krankheit verbunden, deshalb mochte er dieses Gesöff einfach nicht.

»Nein, das Schnarchen war das geringste Problem. Du hast um dich getreten. Es war mir einfach zu gefährlich neben dir«, erwiderte Irene schmunzelnd.

Wieder einmal wurde ihm bewusst, welches Glück er hatte, so

eine Frau zu haben. »Belastet dich wohl sehr, was du gestern erlebt hast. Willst du darüber reden?«, fragte sie vorsichtig, während sie ein Päckchen ihres liebsten grünen Tees aus dem Küchenschrank holte.

Meierhofer überlegte einen Moment, strich sich dann langsam über den Bart und meinte leise: »Nein, ich glaube nicht. Aber ich komme auf dein Angebot zurück, wenn es nötig sein sollte. Stört es dich, wenn ich nachher kurz ins Büro schaue?«

Irene ließ das kochende Wasser in eine knallrosa Halblitertasse mit einem bebrillten, schneeweißen Schaf darauf laufen, auf der in großen, roten Lettern Beste Oma der Welt stand. Sie war das erste Muttertagsgeschenk von Lukas gewesen, was dieser an sich nicht besonders geschmackvollen Tasse in Irenes Augen den Status der absoluten Lieblingstasse verlieh.

»Nein, überhaupt nicht. Zuhause ist mit dir in diesem Zustand ohnehin nichts anzufangen. Außerdem weiß ich eh noch nicht, wer der Mörder ist.«

Meierhofer trank langsam den letzten Schluck Kaffee.

»Ich schon, aber gerade das bereitet mir Bauchschmerzen.«

*

Als Meierhofer zwei Stunden später die Tür zur Außenstelle des Landeskriminalamts Niederösterreich aufsperrte, in der er seit Jahren seinen Dienst versah, wunderte er sich über den Kaffeegeruch, der ihm entgegenströmte. Es war kurz vor sieben Uhr früh, an einem Samstag, wer, um alles in der Welt, war zu dieser Zeit hier?

»Guten Morgen, Herr Chefinspektor Meierhofer. Wollen S' auch einen Kaffee?«

Der Satz kam Meierhofer zwar bekannt vor, aber die Stimme, die diesen ausgesprochen hatte, passte einfach nicht dazu. Er ging weiter in den kleinen Gemeinschaftsraum, der an eine altmodische Küche erinnerte. So wie der Rest der Außenstelle hätte er eine Renovierung dringend nötig gehabt, aber anscheinend hatte der Staat für alles Mögliche Geld, nur nicht für die Polizei. Für einen kurzen Moment war Meierhofer erstaunt, wen er hier am frühen Morgen antraf. Erstaunt, aber auch positiv überrascht.

»Ah, Herr Gruppeninspektor Staudinger! Woher haben Sie denn gewusst, dass ich es bin?«, fragte Meierhofer seinen jungen Kollegen neugierig.

»Das war keine große Kunst. Ich habe ihr Auto durchs Fenster gesehen. Blauer Espace, stimmt's?«

Meierhofer nickte.

»Krieg ich jetzt den versprochenen Kaffee? Aber bitte mit extra viel Milch! Haben Sie heute denn Dienst?«

Staudinger holte einen Liter Milch aus dem kleinen Kühlschrank, schüttete schwungvoll eine ganze Menge davon in Meierhofers Kaffee und streckte dem Chefinspektor dann die volle Tasse entgegen.

»Sicher. Im Gegensatz zu Ihnen wüsste ich an einem freien Wochenende etwas Besseres zu tun, als freiwillig in diese Bruchbude zu kommen.«

Meierhofer nahm an, dass dieses Bessere etwas mit einer oder mehreren hübschen und wohl auch jungen Damen zu tun hatte. Er blickte Staudinger amüsiert an. Plötzlich fiel der Groschen! Endlich wusste er, an wen ihn der Gruppeninspektor erinnerte. An diesen Fußballspieler, den die Medien zum neuen Frauenliebling erkoren hatten, diesen Christiano Ronaldo. Staudinger hatte dieselben schwarzen Haare und den gleichen beneidenswert braunolivfarbenen Hautton, ebenso funkelnde, dunkle Rehaugen und einen sportlich durchtrainierten Körper. Staudinger sah beinahe aus wie eine Kopie von Christiano Ronaldo, er musste wohl südländische Vorfahren haben. Der junge Kollege schien Meierhofers Gedanken lesen zu können.

»Meine Mutter ist übrigens Italienerin. Deshalb auch mein Vorname.«

»Ahhhh … ja …«

Meierhofer wurde bewusst, dass er keine Ahnung hatte, wie der Vorname seines Kollegen lautete. Auch das schien Staudinger zu ahnen.

Schmunzelnd erklärte er: »Stefano ... Stefano Staudinger ... Ist echt eine geile Kombination, finden Sie nicht auch? Keine Ahnung, was meine Eltern dabei geritten hat.«

Meierhofer lachte kurz auf.

»Wenigstens etwas kreativer und außergewöhnlicher als Hans Meierhofer.« Staudinger nickte ebenfalls lachend.

»Stimmt, österreichischer geht's nimmer. La mia Mamma hat übrigens Kekse für mich gebacken. Wollen Sie auch ein paar zum Kaffee?«

Meierhofer schüttelte den Kopf.

»Danke, nein. Mir ist seit gestern ein wenig flau im Magen.«

Staudinger griff nach einem der Kekse, die zugegebenermaßen köstlich aussahen, und tauchte ihn in seinen Kaffee.

Dann schmatzte er mit vollem Mund: »Kein Wunder, bei dem, was wir gestern erlebt haben. War ganz schön heftig. Eigentlich wie im Film. Passiert ja nicht allzu oft, dass unser Arbeitsalltag dem ähnlich wird, was man in Film und Fernsehen so unter kriminalistischer Arbeit vorgegaukelt bekommt.«

Chefinspektor Meierhofer nahm einen kräftigen Schluck Milchkaffee. Der war gut, sehr gut sogar.

»Allerdings. Was halten Sie eigentlich von den beiden Fällen?«

Staudinger schien erstaunt zu sein, dass Meierhofer ihn das fragte. Er überlegte eine Weile.

Dann erwiderte er: »Gute Frage, Herr Chefinspektor. Was halte ich davon? Ich weiß nicht so recht. Eigentlich sollten wir glücklich sein, dass wir beide Täter anscheinend auf frischer Tat ertappen konnten. Macht sich in der Aufklärungsraten-Statistik bestens. Trotzdem stellt es mich nicht zufrieden. Da steckt irgendetwas dahinter. Ich bin mir sicher, dass die beiden Fälle etwas miteinander zu tun haben. Immerhin haben ja beide Verdächtige diese seltsamen Stimmen gehört. Zwei Fragen beschäftigen mich in diesem

Zusammenhang besonders. Die erste ist: Wer könnte Interesse daran haben, zwei an sich friedliche Männer so weit zu bringen, dass sie zu kaltblütigen Killern werden? Und die zweite Frage lautet: Wie zum Teufel hat er oder sie das angestellt?«

Meierhofer musste schmunzeln. Er wusste nun, warum ihm sein neuer Kollege so sympathisch war. Der junge Mann schien ähnlich zu denken wie er selbst.

Er griff nun doch nach einem Keks, biss davon ab und meinte dann voller Elan: »Wissen Sie was, Herr Kollege. Dann lassen Sie uns doch gemeinsam die Antworten auf diese beiden Fragen suchen!«

*

Meierhofer und Staudinger hatten sich eine Pizza bestellt. Eine große Schinken-Pizza, die sie sich nun beinahe brüderlich teilten. Meierhofer wäre ja eigentlich eine Salami-Pizza lieber gewesen, aber das Risiko wollte er nicht eingehen. Immerhin war sein Magen immer noch ein wenig beleidigt.

Seit Stunden waren sie nun mit den Fotos von den beiden Tatorten und den Geständnissen der beiden Verdächtigen beschäftigt. Sie hatten die Fotos auf zwei mobile Wände geklebt und so eine Simmlinger- und eine Hüberl-Wand geschaffen. Dazwischen klebten Pfeile und Schlagworte, kaum leserlich mit schwarzem Edding in Meierhofers furchtbarer Handschrift geschrieben, die ihnen weiterhelfen sollten. Alles, was ihnen einfiel und Parallelen zwischen den beiden Verdächtigen aufzeigte, wurde niedergeschrieben und auf eine der beiden Wände, oder auch auf alle zwei, gepappt. Brainstorming, Mindmapping – Meierhofer hatte keine Ahnung, wie man das heute nannte, für ihn war es gute, alte Kriminalarbeit.

Staudinger, der gerade an einem Bissen Pizza kaute und anscheinend gerne mit vollem Mund sprach, fasste zusammen: »Also gut, was wissen wir bis jetzt? Sowohl Simmlinger als auch Hüberl sind männlich und Baujahr 1971.« Staudinger zeigte auf die gelben 1971-Kärtchen, die sie auf beide Wände geklebt hatten.

Dann fuhr er fort: »Allerdings ist Simmlinger im Februar geboren, weshalb er schon neununddreißig ist, Hüberl als Novemberkind ist erst achtunddreißig Jahre alt.« Chefinspektor Meierhofer nickte zustimmend, während er nach einem weiteren Stück der Schinken-Pizza griff, die zwar sehr gut war, aber deren Genussfaktor nicht an den einer Salami-Pizza heranreichte. Wenigstens war sie leicht verträglich – immerhin hatte sein Magen noch nicht rebelliert. Staudinger war indes nicht zu stoppen.

»Beide sind beruflich erfolgreich und als freundlich, hilfsbereit und gutmütig bekannt. Keiner der beiden war, was wir bis jetzt wissen, in psychiatrischer Behandlung. Beide geben an, von irgendwelchen ominösen Stimmen zur Tat gedrängt worden zu sein.«

Ein knatterndes Geräusch unterbrach Gruppeninspektor Staudinger. Das lange erwartete Fax kam herein. Sofort sprang Staudinger auf, um zum Faxgerät zu eilen. Meierhofer wurde wieder einmal bewusst, wie alt er im Vergleich zu dem jungen Hupfer schon war.

»Ist es das, was ich hoffe?«, fragte er neugierig.

Staudinger warf einen kurzen Blick auf das eingegangene Fax und nickte.

»Ja, das ist es.«

Meierhofer erwiderte zufrieden: »Auf meinen Freund Doppler ist eben Verlass.« Staudinger studierte das Blatt Papier nun genauer. Etwas zu genau, für Meierhofers Geschmack. Er war schließlich auch neugierig darauf.

»Und? Sagen Sie schon! Was hat die Blutuntersuchung ergeben?«

Chefinspektor Meierhofer spürte ein Kribbeln in seinem Bauch, das mit Sicherheit nicht auf die Pizza zurückzuführen war. Würde sich seine Vermutung, dass die beiden Verdächtigen während der jeweiligen Tatzeit auf Drogen gewesen waren, bestätigen?

Staudinger schüttelte den Kopf, während er erstaunt murmelte: »Das gibt's doch nicht. Nichts, absolut nichts! Die Blutproben unserer Verdächtigen sind einwandfrei. Keine Drogen, keine Medikamente, kein Alkohol, gar nichts.« Meierhofer konnte es nicht glauben. Das war doch nicht möglich!

»Wurde auch der Urin untersucht? Es gibt doch jede Menge Substanzen, die vor allem im Urin nachweisbar sind.«

Staudingers Blick haftete immer noch auf dem eingegangenen Fax.

»Ja, der Urin wurde natürlich auch untersucht, wie Sie vorhin selbst gesagt haben, auf Ihren Freund Doppler ist Verlass. Trotzdem nichts. Sowohl Simmlinger als auch Hüberl waren zur Tatzeit absolut clean.«

»Keine psychischen Probleme und absolut clean – und woher kommen dann diese Stimmen?«, raunte Meierhofer, der es immer noch nicht glauben konnte, während er wieder einmal nachdenklich über seinen Vollbart strich. Staudinger griff nach dem letzten Stück Pizza.

»Darf ich?«, fragte er dabei höflich.

Meierhofer war der Appetit längst vergangen.

»Nur zu«, erwiderte er.

Dann schnappte er sich zwei auffällige Kärtchen in knalligem Orange und schrieb mit dem schwarzen Edding unleserlich *absolut clean* darauf. Eines davon befestigte er an der Simmlinger-Wand, das andere an der Hüberl-Wand.

»Es wird immer spannender«, flüsterte er dabei.

Nachdem er die Kärtchen aufgeklebt hatte, sah er seinen Kollegen herausfordernd an. »Und? Haben Sie einen Vorschlag, was wir als Nächstes machen könnten, Gruppeninspektor Staudinger?«

Staudinger schluckte den letzten Bissen Pizza hinunter und spülte mit einem großen Schluck Wasser nach.

»Natürlich habe ich den. Ihnen stehen zwei Möglichkeiten offen: Entweder gehen Sie jetzt nachhause, zu Ihrer Sie liebenden Ehefrau, und genießen den Rest des Wochenendes oder Sie begleiten mich zu Anna Goldschmied.«

Meierhofer konnte mit dem Namen absolut nichts anfangen.

»Anna Goldschmied?«

Staudinger grinste breit.

»Also Ihr Gedächtnis ist wirklich nicht mehr das beste, Herr Chefinspektor. Anna Goldschmied ist die Lebensgefährtin von Paul Simmlinger. Sie hat sich bereiterklärt, mir heute Nachmittag zur Verfügung zu stehen. Ich bin mir sicher, dass sie uns einiges über Paul Simmlinger erzählen kann. Immerhin sind die beiden seit fünf Jahren ein Paar.«

Meierhofer genehmigte sich einen Schluck alkoholfreies Bier. Seit zwanzig Jahren war er überzeugter Antialkoholiker.

Damals war sein drei Jahre älterer Bruder, Florian, nach einem Heurigenbesuch im Vollrausch in den Spitzer Bach gestürzt und, da er wahrscheinlich sofort das Bewusstsein verloren hatte, elendiglich ertrunken. Florian, der bis zu diesem Zeitpunkt Meierhofers großes Vorbild gewesen war, hatte zwei kleine Kinder und eine verzweifelte Witwe hinterlassen.

Als Meierhofer, der damals im Dienst gewesen war, seinen toten Bruder in dem Bach gefunden hatte, hatte er sich geschworen, nie wieder einen Tropfen Alkohol anzurühren, und er hatte sich eisern daran gehalten. Die Vorteile eines antialkoholischen Lebens lagen für ihn klar auf der Hand: Es war ein gutes Gefühl, ständig einsatzfähig und voll da zu sein. Immer der Herr seiner Sinne. Um abzuschalten oder auszuspannen, brauchte er keinen Alkohol, da gab es eine Menge anderer Möglichkeiten. Angeln zum Beispiel oder lesen. Meierhofer las für sein Leben gerne, vor allem die echten Klassiker: Schiller, Goethe, Brecht und so weiter. Nachdem der Chefinspektor die Flasche geleert hatte, meinte er kopfschüttelnd: »Fünf Jahre zusammen und trotzdem nicht verheiratet. Die Zeiten haben sich wohl ganz schön geändert.«

Staudinger schmunzelte ein wenig provokant.

»Das haben sie tatsächlich, Herr Chefinspektor. Schauen Sie mich an! Ich bin ein schwuler Kriminalbeamter. So etwas wäre in Ihrer Anfangszeit undenkbar gewesen, nicht wahr? Oder man hätte es unter den Teppich gekehrt.«

Meierhofer wusste, dass man ihm seine Verblüffung deutlich ansah. Staudinger war schwul??? Nicht, dass ihn das störte, er hatte absolut kein Problem mit Homosexuellen, aber Staudinger war für ihn bis eben der klassische Frauenheld gewesen. Was für ein Kriminalbeamter war er nur? Er dachte in Schubladen und fiel auf derartige Klischees herein. Jämmerlich.

Staudingers provokantes Schmunzeln hatte sich zu einem erfrischenden Lachen entwickelt.

»Überrascht? Machen Sie sich nichts draus! Ich passe ja wirklich nicht ins Klischee des typischen Homosexuellen. Und? Begleiten Sie mich jetzt trotzdem, oder wollen Sie nun doch lieber nachhause zu Ihrer Frau?«

Meierhofer, der sich mittlerweile wieder gefangen hatte, schnappte sich seinen Autoschlüssel.

»Ich begleite Sie mit dem größten Vergnügen, Herr Kollege. Ist es in Ordnung, wenn ich fahre?«

Staudinger nickte, immer noch lächelnd.

»Aber sicher doch. Ihr Espace wirkt mit Sicherheit vertrauenserweckender als mein Sportwagen. Also, worauf warten wir noch?«

Meierhofer hielt seinem Kollegen die Tür auf.

»Auf geht's! Hoffen wir, dass diese Anna Goldschmied eine Idee hat, wo Paul Simmlingers Stimmen herkommen.«

4

»Darf ich Ihnen einen Kaffee anbieten, meine Herren?«

Anna Goldschmied war eine betörend schöne Frau. Sie musste Anfang dreißig sein, hatte eine perfekte weibliche Figur, lange, seidig glänzende, pechschwarze Haare und große, smaragdgrüne Katzenaugen.

»Gerne, ein Kaffee wäre wirklich toll. Für mich mit extra viel Milch, bitte«, antwortete Chefinspektor Meierhofer beinahe freudig, während Gruppeninspektor Staudinger zeitgleich ziemlich nüchtern »Für mich nicht, danke«, murmelte.

Für einen kurzen Moment überkam Meierhofer das schlechte Gewissen. Das war heute bereits sein dritter oder vierter Kaffee. Gut, dass Irene nichts davon wusste. Andererseits hatte er eine äußerst unerholsame Nacht hinter sich und konnte jede Menge Koffein vertragen, um auch nur irgendwie durch den Tag zu kommen.

»Bitte, setzen Sie sich doch! Ich komme gleich wieder«, flötete Anna Goldschmied, der anzusehen war, dass sie geweint hatte. Sie deutete dabei auf eine moderne, rote Ledergarnitur, die mitten im sehr modern eingerichteten Wohnzimmer stand. Nach Meierhofers Geschmack war das alles ein bisschen zu modern, aber in Stilfragen war er wohl nie besonders sattelfest gewesen. Die beiden Kriminalbeamten folgten der Aufforderung der jungen Frau, die einstweilen in die Küche ging, um den Kaffee zuzubereiten.

Wenig später kam sie mit einem Tablett in den Händen zurück ins Wohnzimmer. Neben zwei extravaganten, schwarzen Kaffeetassen befanden sich darauf ein ebenso extravagantes und schwarzes Milchkännchen, Süßstoff, zwei kleine, knallgelbe Teller, Löffel,

Kuchengabeln und ein köstlich duftender Gugelhupf. Anna Goldschmied platzierte all dies vorsichtig auf dem runden, gläsernen Couchtisch, dessen Marmorfuß ein eng miteinander verschlungenes, nacktes Liebespaar darstellte. Fiel Derartiges etwa in die Kategorie *künstlerisch wertvoll*? Meierhofer hätte dieses hässliche, wenn auch erotische, Ding maximal in ein Puff gestellt.

»Bitte, bedienen Sie sich, meine Herren«, flüsterte die junge Frau, während sie sich gegenüber den beiden auf einem großen Lederstuhl niederließ. Anna Goldschmied wirkte mehr als bedrückt, und es schien ihr äußerst schwer zu fallen, die Beherrschung zu bewahren.

»Dankeschön«, murmelte Chefinspektor Meierhofer, der sich das natürlich nicht zweimal sagen ließ.

Er griff nach einer der schwarzen Kaffeetassen und goss eine beachtliche Menge Milch hinein. Den Kuchen ignorierten sowohl Staudinger als auch er, da die Schinken-Pizza im Büro einfach zu üppig gewesen war.

Nachdem der Chefinspektor einen kräftigen Schluck des großartigen Kaffees genommen hatte, fragte er beiläufig: »Sie wohnen allein hier?«

Anna Goldschmied nickte.

»Eigentlich schon. Natürlich hat Paul häufig bei mir übernachtet, aber er wollte sein kleines Landhäuschen partout nicht aufgeben. Er brauchte seine Freiräume. Seine Ruhe, vor allem während der Arbeit – er arbeitete ja von zuhause aus – war ihm heilig.«

Meierhofer fiel sofort auf, dass Anna Goldschmied in der Vergangenheitsform von ihrem Freund sprach, so, als wäre er selbst gestorben. Sah wohl nicht gut aus für diese Beziehung. Aber kein Wunder. Welche junge Frau konnte schon so mir nichts, dir nichts verkraften, dass ihr Freund fünf Menschenleben auf dem Gewissen hatte? Wohl keine.

Staudinger schaltete sich in das Gespräch ein: »Wenn ihm seine heilige Ruhe so wichtig war, muss die Errichtung des Campingplatzes gleich neben seinem Grundstück wohl ein Horror für Ihren Lebensgefährten gewesen sein. Seit wann gibt es den Campingplatz an der Donau jetzt? Seit drei Jahren?«

Anna Goldschmied schüttelte den Kopf.

»Es sind erst zwei Jahre, und ja, Paul litt enorm unter der Errichtung des Platzes. Vor allem im Sommer. Dass er zu so einer Tat fähig sein könnte, wäre mir jedoch nie in den Sinn gekommen.«

Meierhofer blickte zuerst in die beinahe leere Kaffeetasse in seinen Händen und dann in Anna Goldschmieds grüne Augen.

»Hat er nie etwas angedeutet, Sie wissen schon, so in Richtung *Irgendwann erschieß ich einen da drüben* oder *Lange dauert's nicht mehr, und ich schnappe mir ein Gewehr und mache das Touristenpack fertig*.«

Sowohl Staudinger als auch Paul Simmlingers Lebensgefährtin sahen den Chefinspektor erstaunt an. Anscheinend hatten die Worte härter geklungen, als dieser beabsichtigt hatte.

Anna Goldschmied schüttelte vehement den Kopf.

»Nein, nie! Der Paul konnte doch nicht einmal einer Fliege was zuleide tun. Gut, er war ein leidenschaftlicher Jäger, aber er war mit Sicherheit kein aggressiver oder brutaler Mensch. Nein, so etwas hätte er nie gesagt.«

»Auch nicht gedacht?«, hakte Staudinger nach.

»Nein, auch nicht gedacht. Ganz sicher nicht!«, bekräftigte die junge Frau, der nun Tränen in den Augen standen.

»Hat Herr Simmlinger je erwähnt, dass er Stimmen hört?«, erkundigte Meierhofer sich so beiläufig wie möglich.

Anna Goldschmied schien verwirrt.

»Stimmen? Ich weiß nicht, was Sie damit meinen. Denken Sie etwa, Paul ist verrückt?«

Interessant. Sie benutzte zum ersten Mal das Präsens. Gruppeninspektor Staudinger setzte seinen gesamten Charme ein.

So freundlich wie möglich beruhigte er sie.

»Aber nein, Frau Goldschmied. Er hat nur uns gegenüber behauptet, dass ihn Stimmen zu der Tat gedrängt hätten. Sind Sie sicher, dass er diese Stimmen Ihnen gegenüber nie zur Sprache gebracht hat?«

Anna Goldschmied weinte nun trotz aller Bemühungen, die Kontrolle über ihre Emotionen und ihren Körper zu bewahren. Es war ihr deutlich anzusehen, wie verzweifelt sie war.

Mit sich überschlagender Stimme stammelte sie: »N..n..nein, er hat diese Stimmen mir gegenüber nie erwähnt. Paul war der normalste Mensch der Welt. Ich kann mir nicht erklären, warum er so etwas behauptet hat. Genauso wenig, wie ich mir erklären kann, wie er ein so schreckliches Verbrechen begehen konnte. Ich stehe vor einem Rätsel.«

»*Genau wie wir*«, dachte Meierhofer. Paul Simmlingers Ausraster stellte sie alle vor ein großes, scheinbar unlösbares Rätsel.

Der Chefinspektor beschloss, ein wenig vom Thema abzulenken: »Sagt Ihnen der Name Helmut Hüberl irgendetwas?«

Die Antwort der jungen Frau war ehrlich und spontan: »Helmut Hüberl? Nein. Wer soll denn das sein?«

»Er ist also kein Freund oder Bekannter Ihres Lebensgefährten?« Staudinger wollte anscheinend ganz sichergehen.

Anna Goldschmied schüttelte erneut vehement den Kopf.

»Nein, ganz sicher nicht. Pauls Freunde waren auch immer meine Freunde. Wenn er diesen Helmut Hüberl gekannt hätte, dann würde ich ihn auch kennen, und der Name sagt mir wirklich absolut nichts.«

Chefinspektor Meierhofer kam immer mehr zu dem Schluss, dass es hier für Staudinger und ihn nichts mehr zu holen gab. Er blickte seinen Kollegen fragend an, der nickte kurz. Augenscheinlich schien er ebenso zu denken.

Meierhofer stand auf, streckte der bildhübschen, jungen Frau die rechte Hand entgegen und sagte: »Danke für Ihre Hilfe, Frau Goldschmied, und vielen Dank auch für den Kaffee, der war wirklich hervorragend.«

Anna Goldschmied lächelte ein wenig.

»Altes Familiengeheimnis. Freut mich, dass er Ihnen geschmeckt hat. Ich bringe Sie noch zur Tür.«

Staudinger war ebenfalls aufgestanden.

»Danke, wir finden schon selbst hinaus«, erwiderte er.

Als Meierhofer bereits im Türrahmen stand, drehte er sich noch einmal um.

»Ach, eine Frage hätte ich noch, Frau Goldschmied. Wissen Sie vielleicht, ob Ihr Lebensgefährte in der letzten Zeit starke Medikamente oder Drogen genommen hat?« Die junge Frau lachte kurz auf.

»Paul und Drogen? Das kann doch nicht Ihr Ernst sein! Paul war der asketischste Mensch, den ich kenne. Er war sogar Antialkoholiker.«

Sie lachte erneut, dieses Mal ziemlich bitter.

»Ja, so etwas gibt es tatsächlich. Einen österreichischen Jäger, der Antialkoholiker ist. Nicht zu glauben, nicht wahr?«

Wieder ernst ergänzte sie: »Paul verachtete Drogen aufs Tiefste und außer einem Aspirin ab und zu, wenn er Kopfweh hatte, ist mir auch nichts von einem übermäßigen Medikamentenkonsum bekannt.«

Anna Goldschmied machte eine kurze Pause, dann ergänzte sie nüchtern: »Außerdem ist Paul Simmlinger seit gestern mein Ex-Lebensgefährte, wenn ich bitten darf.« Meierhofer nickte. So etwas hatte er sich schon gedacht. Staudinger und er verabschiedeten sich von der jungen Frau. Sehr weit hatte sie dieser Besuch nicht gebracht. Die Worte *»Da steh ich nun, ich armer Thor, und bin so klug, als wie zuvor.«* schossen Meierhofer durch den Kopf, als er zu seinem blauen Espace ging. Ja, ja, der gute alte Faust. Den sollte er auch mal wieder lesen.

5

Wieder im viel zu heißen, da nicht klimatisierten, Büro angelangt, rätselten Meierhofer und Staudinger eine Weile, was sie nun als Nächstes tun sollten.

»Also, ich bin dafür, Simmlingers Freundeskreis genauer unter die Lupe zu nehmen«, erklärte Staudinger gerade, während er seinen Computer hochfuhr.

Meierhofer war anderer Meinung: »Stimmt schon, Herr Kollege, der Freundeskreis ist natürlich eine Möglichkeit, aber die würde ich mir lieber für später aufheben. Hören wir uns doch zuerst einmal in Simmlingers Nachbarschaft um! Simmlinger wohnt in einem kleinen Ort, dort gibt es also mit Sicherheit, wie in jedem anderen kleinen, österreichischen Ort, zumindest eine oder zwei neugierige Nachbarinnen, die heimlich ihre gesamte Umgebung auskundschaften und deshalb mehr über diese wissen, als die Polizei erlaubt.«

Staudinger gab ein seltsames Kichern von sich, bevor er antwortete: »Das *österreichische* hätten Sie ruhig weglassen können, Herr Chefinspektor. Glauben Sie mir, diese Art von Nachbarinnen gibt es wahrscheinlich auf der ganzen Welt. Zumindest auch in Italien, und das weiß ich mit Sicherheit, meine Nonna gehört nämlich ebenfalls zu dieser Gattung.«

Der Gruppeninspektor bemerkte wohl Meierhofers fragenden Blick, deshalb ergänzte er rasch: »Meine Großmutter – das Wort Nonna kommt aus dem Italienischen und bedeutet Großmutter, aber nicht, dass Sie jetzt glauben, ich denke schlecht über meine Oma, nein, nein, Nonna Sophia ist die Beste, nur leider eben auch etwas zu neugierig.«

Meierhofer versuchte, sich an seine Großmütter zu erinnern, aber diese Erinnerungen waren schon viel zu sehr verblasst. Beide waren sie zu jung gestorben, weshalb er leider nie eine richtige Beziehung zu ihnen hatte aufbauen können. Ob sie wohl auch Tratschweiber gewesen waren? Der Chefinspektor schob diese Gedanken wieder beiseite.

»Gut, dann sind wir uns also einig. Fahren wir zuerst an den Amoklauf-Tatort, dort hören wir uns ein wenig um, und danach können wir uns immer noch mit Simmlingers Freundeskreis beschäftigen. Helmut Hüberl dürfen wir natürlich auch nicht vergessen, aber ich denke, es ist besser, wenn wir Schritt für Schritt vorgehen. Jetzt ist erst mal dieser Simmlinger dran, dann knöpfen wir uns den Gärtner vor, einverstanden?«

Gruppeninspektor Staudinger, der sich an den mittlerweile hochgefahrenen Computer gesetzt hatte, murmelte gedankenverloren ein »Einverstanden.«

Nach einer kurzen Pause fügte er hinzu: »Apropos Gärtner. Ich wollte da noch etwas checken. Wir haben doch nach einer Verbindung zwischen Paul Simmlinger und Helmut Hüberl gesucht, und mir ist vorhin im Auto etwas eingefallen.«

Meierhofer wusste nicht so recht, worauf sein junger Kollege hinauswollte. Er beobachtete ein wenig skeptisch, wie dieser einen Internetbrowser öffnete und danach die Wörter *Helmut Hüberl, Gärtnerei* und *Krems* in die Suchmaschine eingab. Es dauerte nur wenige Sekunden, dann hatte Staudinger anscheinend gefunden, wonach er gesucht hatte. Er stieß einen leisen Pfiff aus, während er mit dem Mauszeiger auf einen winzig kleinen Schriftzug deutete, der sich am unteren Ende der Website befand, die er gerade geöffnet hatte.

»Sehen Sie das? Ich hatte also recht. Daher kannten sich die beiden«, sagte er ein wenig aufgeregt.

Meierhofer verstand nur Bahnhof. Das war ihm jetzt alles etwas zu schnell gegangen. Worauf wollte Staudinger eigentlich hinaus?

Der Gruppeninspektor begriff. Rasch setzte er zur Erklärung

an: »Das hier ist die Website von Helmut Hüberl, besser gesagt, die Website, die er für seine kleine Gärtnerei hat erstellen lassen. Und jetzt schauen Sie mal, wer diese Website designt hat. Da unten steht es.«

Meierhofer ging näher heran – ohne seine Lesebrille tat er sich bei so etwas schon ziemlich schwer – aber schließlich gelang es ihm, Gott sei Dank, den Schriftzug zu entziffern. Was für eine Blamage wäre es gewesen, hätte er seinen Kollegen darum bitten müssen, ihm den besagten Text vorzulesen. Meierhofer las also gespannt das Kleingedruckte, während er mit der rechten Hand über seinen Vollbart strich. Aha, daher wehte der Wind! Nun wusste er, was Staudinger gemeint hatte.

Done by: Ing. Paul Simmlinger stand da am unteren Ende der Gärtnerei-Website.

Meierhofer klopfte seinem Kollegen anerkennend auf die rechte Schulter, dabei meinte er: »Das ist der erste wichtige Anhaltspunkt, Kollege Staudinger. Gut gemacht! Wir wissen nun also, dass sich die beiden Verdächtigen kannten, wenn auch möglicherweise nur sehr oberflächlich, aber sie kannten einander, standen zumindest kurzfristig miteinander in Kontakt. Das ist doch schon mal was.«

Staudinger konnte sich ein Grinsen nicht verkneifen.

»Stimmt, das ist doch schon mal was. Aber jetzt auf zu Ihren Tratschweibern! Vielleicht können uns die ja noch ein bisschen mehr über Simmlinger erzählen, und wer weiß, vielleicht wissen sie sogar etwas Genaueres über die Beziehung zwischen Simmlinger und Hüberl.«

Staudinger fuhr den Computer herunter und stand schwungvoll auf.

Das ging Meierhofer etwas zu schnell.

»Sachte, sachte, Herr Kollege! Erstens wissen wir ja gar nicht, ob wir überhaupt auf *meine* Tratschweiber treffen werden, und zweitens sollte man an ein derartiges mögliches Treffen nie unvorbereitet herangehen. Also, denken Sie bitte daran, ein Foto von Helmut Hüberl mitzunehmen, und lassen Sie mich vorher noch einen Kaffee trinken! Sie müssen wissen, nur mit der nötigen Menge Koffein im Blut bin ich imstande, mich einem Treffen dieser Art zu stellen.«

*

Als sie eine Dreiviertelstunde später in dem kleinen Wachauer Ort ankamen, der noch am Vortag Schauplatz eines grauenhaften Verbrechens gewesen war, herrschte dort längst wieder die gewohnte Postkartenidylle. Das Dörfchen lag ruhig und friedlich in der brütenden Sommerhitze, als ob nie etwas geschehen wäre. Man konnte das Rauschen der nicht weit entfernten Donau hören, Vogelgezwitscher drang aus den umliegenden Weingärten und Wäldern, und bald schon würde der Duft reifer Marillen in der Luft liegen – das war die Wachau, die sowohl deren Bewohner als auch die Touristen aus aller Welt so liebten.

Meierhofer spürte, dass sich auf dem weißen, kurzärmeligen Hemd, das er trug, langsam Schweißflecken ausbreiteten. Bei diesen Temperaturen versagte selbst das beste Deo. Ein prüfender Blick auf Staudingers Achselgegend strafte Meierhofers Gedanken Lügen. Dort war nicht die geringste Spur von Schweiß zu sehen, aber Staudinger war ja auch noch jung.

Meierhofer dachte darüber nach, welches Bild sie für die Bevölkerung hier wohl abgaben. Ein älterer, etwas übergewichtiger, bärtiger, schwitzender Chefinspektor in Begleitung eines jungen, blendend aussehenden, bartlosen und hundertprozentig schweißfreien Gruppeninspektors – hoffentlich brachte das die Leute nicht zum Schweigen. Meierhofer hatte im Laufe der Jahre, was Zeugenbefragungen anging, die unterschiedlichsten Erfahrungen gemacht. Es gab Menschen, die, sobald sie das Wort Polizei hörten, augenblicklich taubstumm zu werden schienen, aus denen man nicht ein einziges brauchbares Wörtchen herausbrachte, und dann gab es die, bei denen das genaue Gegenteil der Fall war. Aus ihnen plätscherte es heraus, als lägen sie auf der Couch ihres ganz privaten Psychiaters.

Meierhofer hoffte, dass sie hier nur auf den zweiten Typ Mensch treffen würden.

»Wo sollen wir anfangen?«, fragte Staudinger, als sie vor Simmlingers kleinem, idyllischen Landhäuschen standen.

Meierhofer zeigte auf ein mindestens ebenso idyllisches, aber etwas größeres Landhäuschen rechts von Simmlingers Haus.

»Läuten wir einfach bei seinem Nachbarn an. Mal schauen, ob er oder sie uns etwas über unseren Amokläufer erzählen kann.«

Staudinger ging auf das Haus zu, Meierhofer folgte ihm langsam. Es dauerte eine Weile, bis Staudinger unter dem dichten, grünen Efeu-Teppich, der die Hausmauer überzog, die Klingel fand. Er läutete Sturm.

»Ist auch eine Möglichkeit, sich unliebsame Gäste vom Hals zu halten«, raunte er währenddessen, dann fügte er hinzu, »na, dann hoffen wir mal, dass hier eines Ihrer Tratschweiber wohnt.«

Meierhofer und Staudinger mussten beide grinsen, als ein ziemlich dicker Mann mittleren Alters die Tür öffnete. Nein, das war mit Sicherheit keines von Meierhofers Tratschweibern.

»Wir kaufen nix«, raunte der Mann, als er Meierhofer und Staudinger sah, schon wieder im Begriff, die Tür zu schließen.

Staudinger stellte rasch seinen linken Fuß in den Türrahmen.

»Das trifft sich gut. Wir haben nämlich auch nix zu verkaufen«, sagte er dabei und hielt dann dem Mann seinen Dienstausweis unter die Nase.

»Kriminalpolizei. Der sympathische Mann hinter mir ist Chefinspektor Meierhofer, und ich bin Gruppeninspektor Staudinger. Hätten Sie einen Moment Zeit für uns, Herr …?«

»Schuster. Willibald Schuster. Geht's um den Simmlinger?«, antwortete der Mann ein wenig skeptisch.

Staudinger nickte.

»Kommen S' rein«, grunzte Willibald Schuster, während er die Tür wieder öffnete.

»Entschuldigen S' den Saustall, aber meine bessere Hälfte liegt seit zwei Wochen im Krankenhaus, und mit dem Putzen hab' ich's nicht so«.

»Keine Angst, wir räumen Ihnen schon nicht auf«, konterte Meierhofer, »ist hoffentlich nix Ernstes mit Ihrer Frau? Wenn meine im Krankenhaus läge, wär' ich auch aufg'schmiss'n.«

Willibald Schuster schüttelte den Kopf.

»Nein, ist nix Schlimmes. Ist im Weingarten blöd ausg'rutscht und hat sich die Hax'n brochen. Jetzt haben's die Hilde halt operiert. Aber länger ausfallen wird sie jetzt. Weiß gar nicht, wie wir das hinkriegen werden. Auf die Gschrappn ist ja auch kein Verlass. Die haben nur das Feiern und das blöde Internet im Schädl.«

Meierhofer atmete auf. Willibald Schuster gehörte augenscheinlich zum zweiten Typ Mensch. Aus ihm konnten sie möglicherweise einiges herausbekommen, wenn sie es nur geschickt anstellten.

»Wem sagen Sie das. Die Jugend von heute ist auch nicht mehr das, was sie einmal war«, antwortete der Chefinspektor mitfühlend.

»Wie alt sind sie denn, Ihre Gschrappn?«, fragte er nach einer kurzen Pause, während er seinen Blick durch Willibald Schusters Haus schweifen ließ. Es sah wirklich aus wie in einem Saustall. Beeindruckend, dass jemand es schaffte, innerhalb zweier Wochen ein solches Desaster anzurichten. Wenn dieser Schuster so weitermachte, konnte seine Frau, sobald sie wieder einsatzfähig war, das Haus nur noch warm abtragen, um dem Chaos Herr zu werden.

»Die Jacqueline ist fünfzehn, und der Kevin siebzehn«, antwortete Willibald Schuster beinahe emotionslos.

Meierhofer wusste, dass man ihm sein Erstaunen ansah, und auch Staudinger musste sich größte Mühe geben, um nicht laut aufzulachen.

»Schaun S' nicht so entsetzt! Die Namen war'n die Idee meiner Frau. War halt g'rad' die *Kevin allein zuhaus*-Zeit, als sie schwanger war.«

Der Chefinspektor nickte nur stumm, immer noch schwer damit beschäftigt, sich ein Grinsen zu verkneifen. Heutzutage waren Namen wie Kevin oder Jacqueline zwar auch in ihren Breitengraden keine Seltenheit mehr, aber zu dem bodenständigen Bild, das Willibald Schuster abgab, passten sie einfach überhaupt nicht.

»Fünfzehn und siebzehn? Na, da wird Ihnen auch nicht fad«, versuchte Meierhofer vom etwas unangenehmen Namensthema abzulenken.

»Das können S' laut sagen! Aber was wollen S' eigentlich von mir wissen? Setzen S' sich ruhig hin, wenn S' wollen!«. Schuster führte sie in die geräumige Küche des Hauses und deutete auf eine Eckbank, auf der zwischen jeder Menge Zeitungen, Briefen, Werbesendungen und müffelnden Kleidungsstücken maximal ein kleines Plätzchen für die beiden Kriminalbeamten frei gewesen wäre.

»Danke, wir stehen lieber«, brach es aus Staudinger heraus, womit er Meierhofer einen Gefallen tat.

»Wie Sie wollen. Anbieten kann ich Ihnen nix. Ich muss erst wieder einkaufen gehen. Außer Sie haben Lust auf a Glaserl Wein. An weiß'n Spritzer vielleicht?«

»Danke, nein.«

»Kein Alkohol im Dienst, Sie wissen schon.«

Willibald Schuster zuckte mit seinen fleischigen Schultern.

»Na, Gott sei Dank bin ich kein Bulle, bei mir gehört Alkohol im Dienst dazu. Ist eigentlich eine Dienstpflicht, das Saufen«, meinte der Weinbauer grinsend.

»Aber jetzt legen S' endlich los! Was wollen S' denn über den Simmlinger wissen?«

»Alles, was Ihnen über ihn einfällt. War irgendetwas an ihm seltsam? Ist er Ihnen irgendwie aufgefallen, in der Zeit, die Sie nun schon neben ihm leben? Wie lange kennen Sie ihn eigentlich, den Herrn Simmlinger?«, eröffnete Staudinger die Zeugenbefragung.

Willibald Schuster überlegte nicht lange.

»Den Simmlinger Paul kenn' ich schon, seit er ein junger Bua war. Der war schon immer eine Grätzn, glauben Sie mir das.«

»Eine Grätzn? Wie meinen Sie das denn?«, fragte Meierhofer nach.

»Na ja, ein Gfrastsackl war er halt. Hat sich immer mit den Älteren angelegt und glaubt, er is‘ was Besser‘s, nur weil er die HTL in St. Pölten gemacht hat. Über uns Weinbauern hat er nur die Nase g‘rümpft, dabei waren seine Eltern auch nix anderes. Die sind aber früh gestorben, die zwei. Gott sei Dank, sonst hätten's das gestern miterleben müss‘n. Im Grab umdreh‘n tät‘n sa sich, wenn's wüssten, was aus ihrem Pauli word‘n is.«

Meierhofer und Staudinger warfen einander vielsagende Blicke zu. Gestern war doch noch die Rede davon gewesen, wie beliebt Simmlinger im Ort war, ein unbescholtener, anständiger Bürger. Das klang jetzt aber ganz anders.

Staudinger ergriff das Wort: »Darf ich fragen, um wie viele Jahre Sie älter sind als der Herr Simmlinger?«

»Sicher dürfen S' das fragen. Fünf Jahre bin ich älter als der Paul. Deshalb hab‘ ich auch nicht so viel mit ihm z'tun g‘habt. Wie der noch in die Discos gang‘n is, hab‘ ich schon Wind‘ln g‘wechselt. Und glauben S' ma, der Paul hat sich's ganz schön gegeben, als Junger. Der hat alles ausprobiert, was Gott verboten hat.«

Meierhofer horchte auf.

»Meinen S' damit etwa Drogen?«

Ein Drogenproblem würde Simmlingers Stimmenhören möglicherweise erklären. Auch wenn er zum Tatzeitpunkt clean gewesen war, vielleicht war es ja ein Entzug, der ihn im wahrsten Sinne des Wortes verrückt gemacht und zu den akustischen Halluzinationen geführt hatte?

»Sicher. Alkohol und Tschick haben wir ja alle konsumiert, das gehört in unserer Gegend einfach dazu, vor allem der Wein is ja bei uns eigentlich ein Grundnahrungsmittel, aber was der Paul sonst noch alles ausprobiert hat, davon war‘n wir anderen weit entfernt. Gras, Ecstasy, Speed, Kokain, die ganze Palette halt.«

Meierhofer bemerkte, dass Willibald Schuster sich immer wieder redlich bemühte, Hochdeutsch zu sprechen, was ihm allerdings nur mäßig gelang.

»Und woher wissen S' das?«, setzte Meierhofer nach.

»Woher? Na, vom Paul selbst. Der war ja stolz darauf, dass er so cool war und sich was getraut hat. Außerdem war's nicht zu überseh'n. Seine armen Eltern haben sogar manchmal in der Nacht unser'n Herrn Doktor g'holt, weil's ihrem Buam so schlecht gegangen ist. Der Herr Doktor hätt' sicher gern was unternommen in der Sache, aber wissen S' eh, die Schweigepflicht. Hat halt geholfen, soweit's gegangen ist.«

Staudinger stieß einen kaum hörbaren Pfiff aus. Auch Meierhofer konnte es nicht glauben. Hatte ihnen Anna Goldschmied nicht gerade erst erzählt, dass Paul Simmlinger der asketischste Mensch überhaupt war? Vollkommen drogenfrei, sogar Antialkoholiker? Wie passte das mit dem zusammen, was Willibald Schuster da gerade vom Stapel gelassen hatte? Selbst wenn nur ein Teil davon stimmte, war Simmlinger wohl doch nicht so ein Unschuldsengerl gewesen, wie man es ihnen noch vor kurzem hatte vermitteln wollen.

»Wissen Sie, ob der Herr Simmlinger in der letzten Zeit auch noch ab und zu Drogen konsumiert hat?«, fragte Staudinger neugierig nach.

Der vierundvierzigjährige Weinbauer zuckte mit den Schultern.

»Möglich wär's schon, aber wissen tu' ich's nicht. Seit er mit der feschen Katz' zusammen is', sieht ma'n im Ort nimmer so oft, den Paul. Die wohnt glaub' ich in Krems, dort is' er wahrscheinlich öfter. Das Nachtleben dort gibt aber auch mehr her als das bei uns im Ort.«

Meierhofer, der davon ausging, dass die fesche Katz' Anna Goldschmied war, dachte darüber nach, ob man bei einer Stadt wie Krems schon von einem regen Nachtleben sprechen konnte. Es war bereits viele Jahre her, dass er sich das letzte Mal in die dortige Beislszene gewagt hatte, die Discos kannte er überhaupt nicht – war da nicht eine ziemlich große und bekannte in der Nähe des Hafens? Wie auch immer, Wien, London, Paris oder L.A. war Krems sicher nicht, aber Spaß haben konnte man abends in der Innenstadt und auch rund um Krems wohl auf alle Fälle. Ob man dort allerdings auch illegale Drogen bekam, wenn man es darauf anlegte?

Staudinger hatte genug über Simmlingers Drogenvergangenheit gehört. Jetzt interessierte ihn etwas anderes. Er zog das Foto von Helmut Hüberl aus der Tasche, das er pflichtbewusst aus dem Büro mitgebracht hatte.

»Kennen Sie diesen Mann? Haben Sie ihn in der letzten Zeit vielleicht einmal hier gesehen? Hat er Paul Simmlinger womöglich einmal besucht?«

Willibald Schuster griff mit seinen dicken, kurzen Fingern nach dem Foto, dann hielt er es sich knapp vor die Nase.

»Ich find' meine Gläser nicht. Hab' ich wahrscheinlich irgendwo verlegt.«

»*Kein Wunder, bei dem Chaos*«, war Meierhofers zynischer Gedanke dazu.

»Nein ... Nein, den Mann kenn' ich nicht. Wie heißt er denn?«

»Hüberl. Helmut Hüberl«, antwortete Staudinger.

Der kräftige Weinbauer schüttelte den Kopf.

»Nein, einen Hüberl Helmut kenn' ich nicht. Entschuldigen S', wenn ich Ihnen da nicht weiterhelfen kann.«

»Sie waren uns eh schon eine große Hilfe, Herr Schuster, danke, wir wollen Sie jetzt nicht länger strapazieren. Ich lass' Ihnen meine Karte da, falls Ihnen noch was einfällt. Rufen S' mich ruhig jederzeit an, wenn was ist. Danke, und Ihrer Frau alles Gute.« Meierhofer drückte Willibald Schuster seine Visitenkarte in die Hand und gab Staudinger ein Zeichen, dass es Zeit war, zu gehen. Sie hatten genug gehört.

Als sie wieder auf der Straße vor dem Haus standen, atmeten beide Inspektoren zuerst einmal kräftig durch. In Schusters Haus hatte es nicht nur ausgesehen wie in einem Saustall, sondern auch ähnlich gestunken.

»Und? Was halten Sie von dem, was uns dieser Schuster erzählt hat?«, fragte Chefinspektor Meierhofer seinen Kollegen, während er mit der rechten Hand über seinen Vollbart strich.

»Keine Ahnung, was ich davon halten soll. Entweder kennt Anna Goldschmied ihren Lebensgefährten, oder besser gesagt, Ex-Lebensgefährten, nicht so gut, wie sie sollte, oder Simmlingers Nachbar hat einfach ein wenig übertrieben. Obwohl das mit der Drogenvergangenheit ja vielleicht eine Erklärung für die seltsamen Stimmen wäre.«

»Daran habe ich auch gleich gedacht, Kollege Staudinger.«

Meierhofer bemerkte, dass er schon wieder stark zu schwitzen begann. Was war nur mit dem Donaulüfterl los? Es schien heute komplett auszubleiben – die brütend heiße Luft stand förmlich, von einer erfrischenden Brise war weit und breit nichts zu bemerken.

»Läuten wir noch bei diesen zwei Häusern hier, und dann lassen Sie uns irgendwo einen Abstecher in ein Kaffeehaus machen. Ich könnte einen Latte macchiato und ein großes, eiskaltes Soda Zitron vertragen. In Ordnung?«, schlug Meierhofer vor. Er hatte das Gefühl, dem Verdursten gefährlich nahe zu sein. Diese Hitze war unerträglich!

Staudinger nickte.

»Wenn ich ein Eis kriege, bin ich da gleich dabei.«

»Sicher kriegen Sie ein Eis, Herr Kollege, wenn es sein muss, sogar mit Schokosoße und Schlagobers oben drauf, bei Ihrer Figur können Sie sich das ja schließlich leisten«, konterte Meierhofer schmunzelnd.

»Schokosoße und Schlagobers? Klingt nach einem unmoralischen Angebot, aber zuerst die Arbeit und dann das Vergnügen, Chef.«

Staudinger läutete bei den beiden Häusern, die sich ebenfalls in der Nähe des Simmlinger-Landhäuschens befanden. Gnadenlos drückte er auf die Türklingeln, aber niemand reagierte.

»Keiner zuhause. Dann also gleich ab ins Kaffeehaus!«, meinte er schließlich resignierend.

»Kaffeehaus. Das klingt wie Musik in meinen Ohren«, lachte Meierhofer.

Als er im klimatisierten Auto saß und an den Latte macchiato dachte, den er gleich trinken würde, vergaß der Chefinspektor wieder einmal für einen kurzen Moment Paul Simmlinger, Helmut Hüberl und die schrecklichen Verbrechen des gestrigen Tages.

*

Er kann es nicht mehr hören. Dieses Gedröhne und Geplärre, das die da oben anscheinend für Musik halten. Zehn Mal hat er sich jetzt schon bei ihnen beschwert, sogar dem Vermieter hat er schon Bescheid gegeben, aber hat sich dadurch etwas geändert? Nein! Seit wann hören die eigentlich schon am helllichten Tag lautstark Musik? Als ob die abendliche Beschallung nicht schlimm genug wäre.

Lässt du dir das denn wirklich einfach so gefallen? Die drei haben absolut keinen Respekt vor dir. Lehre sie doch, den nötigen Respekt vor dir zu haben! Die drei unterschätzen dich. Zeig ihnen, was in dir steckt!

Da sind sie wieder, die Stimmen, die er seit etlichen Tagen immer wieder hört. Noch lauter wird der Lärm, der von oben in seine Wohnung dringt. Welche Musikrichtung ist denn das? Heavy Metal? Punk? Screamo? Laut und hart, das ist sie auf alle Fälle, diese furchtbare Musik.

Hart. Hart durchgreifen solltest du. Na, worauf wartest du denn noch? Du musst sie loswerden! Ruhe, du brauchst doch deine Ruhe! Zum Lernen. Außerdem arbeitest du jeden Tag schwer. Nicht wie die da oben. Diese Studenten. Faule Säcke, die sich durchs Leben feiern.

Er weiß, dass die Stimmen recht haben. Er sollte ihnen wirklich eine Abreibung verpassen. Ihnen zeigen, dass es falsch ist, ihn zu ignorieren. Er geht in die Küche … Plötzlich Stille. Sie haben die Musik abgedreht. So ein Glück.

Eigentlich schade. Aber der richtige Moment kommt schon noch.

6

Einen Latte macchiato und ein Soda Zitron später fühlte sich Meierhofer wieder bedeutend wohler. Sogar die Schweißflecken unter seinen Armen waren mittlerweile getrocknet, allerdings nicht, ohne auf dem ursprünglich schneeweißen Hemd unschöne, gelbliche Flecken zu hinterlassen. Meierhofer war das egal – die Zeiten, in denen er sich für so etwas geniert hatte, waren zum Glück lange vorbei.

»Sind Sie sicher, dass Sie nicht auch einen Eismarillenknödel wollen? Die sind wirklich köstlich«, meinte Staudinger gerade.

»Danke, nein. Ich bin kein Marillenfan, auch wenn man das als waschechter Wachauer ja eigentlich gar nicht laut sagen darf. Liegt wahrscheinlich daran, dass ich als Kind jeden Sommer im Marillengarten meiner Tante die abgefallenen Marillen aufklauben musste. Zehn Groschen hat sie uns Kindern für einen Kübel voll Marillen gegeben, was damals eigentlich ein kleines Vermögen war. Trotzdem hat mir die Arbeit keinen Spaß gemacht, wegen der vielen Wespen, die um die gatschigen Marillen herumgeflogen sind. Ich hab' diese Viecher noch nie leiden können.«

Staudinger verscheuchte eine Wespe, die es sich gerade auf seinem noch verbliebenen Eismarillenknödel bequem machen wollte. Als diese die Flucht ergriffen hatte, meinte er, während er sich einen halben Knödel auf einmal in den Mund steckte: »Was familiäre Kinderarbeit angeht, habe ich auch meine ganz persönlichen, schrecklichen Erinnerungen. Bei mir war es in der Pizzeria meines Opas: Paradeiser blanchieren, danach schälen und kleinschneiden. Ich hab es gehasst, aber immerhin tausend Lire pro Tag gekriegt.«

Auf Meierhofers Gesicht machte sich ein beinahe verträumter Gesichtsausdruck breit.

»Lire … das waren noch Zeiten, als wir vor unseren Campingurlauben am Gargano Schillinge gegen Lire eingetauscht haben.«

Staudinger horchte auf.

»Am Gargano? Sagen Sie bloß, Sie kennen die Gegend dort genauer?«

»Aber klar kenne ich die Gegend. Das waren die schönsten Urlaube, damals, in Süditalien. Obwohl die österreichischen Seen natürlich auch nicht zu verachten sind.«

Gruppeninspektor Staudinger hatte mittlerweile den letzten Rest seiner Eismarillenknödel verdrückt.

Er trank gierig einen Schluck Wasser und erklärte dann: »Meine Familie kommt aus Vieste, das ist ein kleiner Ort direkt am Sporn des italienischen Stiefels. Die Pizzeria meines Nonnos ist auch dort. Nonno Enrico macht die besten Pizzen in ganz Süditalien.«

Meierhofer legte die Stirn in Falten. Er durchsuchte sein Gehirn nach Erinnerungen an vergangene Italienurlaube. Schließlich meinte er: »Vieste? Ja, das sagt mir was … Die Welt ist …«

Weiter kam der Chefinspektor nicht, weil ihm in diesem Moment etwas ins Auge stach. Rasch stand er auf, um nach einem Flyer zu greifen, der unter den Scheibenwischern eines beinahe winzigen, himmelblauen Fiats klemmte, der genau neben dem Gastgarten des Kaffeehauses, in dem sie saßen, geparkt war.

»Das gibt's doch nicht«, flüsterte er dabei ungläubig.

Gruppeninspektor Staudinger schien nicht zu verstehen, worauf sein Vorgesetzter hinauswollte, bis dieser den Flyer auf den kleinen, runden Kaffeehaustisch legte.

Er legt auf! DJ TUMLEH – Hot&Cool Clubbing St. Pölten – It's fun, so come! stand in knalliger Schrift auf dem weißen A5-Zettel. In den Hintergrund hatte man das Foto eines DJs gelegt, der gerade dabei war, mit seinen Händen eine Schallplatte zu massakrieren.

»Aber, das ist doch der Hüberl, da auf dem Foto!«, murmelte Staudinger ungläubig.

Meierhofer fuhr mit der rechten Hand über seinen Vollbart. Im Sommer überlegte er manchmal ernsthaft, ihn abzurasieren, aber irgendwie brachte er es nicht übers Herz. Der Bart gehörte einfach zu ihm, auch wenn er an solchen Tagen die Schwitzerei noch förderte.

Das Foto fixierend, meinte der Chefinspektor schmunzelnd: »Allerdings, das ist er. Unser Gärtner hat anscheinend eine kreative Ader. Lesen Sie den Namen dieses DJs doch mal von hinten!«

Gruppeninspektor Staudinger tat, wie ihm geheißen.

»Helmut … DJ TUMLEH ist DJ Helmut … Wie kommt man denn auf so eine Idee?«

»Na ja, DJ Helmut klingt eben nicht so cool«, antwortete Meierhofer grinsend.

»Das bringt uns doch gleich wieder einen Schritt weiter«, raunte Staudinger.

Der Chefinspektor schien das nicht ganz nachvollziehen zu können. Er blickte seinen Kollegen fragend an.

Staudinger erklärte: »Ist doch logisch. Wir haben einerseits einen Verdächtigen, der angeblich auf eine bewegte Drogenvergangenheit zurückblicken kann, und andererseits einen Verdächtigen, der als DJ bei Clubbings auflegt. Und wir wissen, dass die beiden zumindest kurzfristig miteinander in Kontakt standen. Waren Sie schon mal bei einem Clubbing, Herr Chefinspektor?«

Meierhofer lachte laut auf.

»Kollege Staudinger, ich bin fünfundfünfzig Jahre alt. Gehe ich recht in der Annahme, dass das gerade eine rhetorische Frage war?«

Staudinger zuckte mit den Schultern.

»So abwegig ist das gar nicht. Es gibt sicher auch 50+ Clubbings.«

Vor Meierhofers innerem Auge machte sich ein eigenwilliges Bild breit: Ältere, weißhaarige Frauen und Männer, die in auffälligen, neonfarbenen Outfits zu wilder Technomusik tanzten. Lukas, der vor einiger Zeit eben diese Neonfarben für sich entdeckt hatte, hatte ihm da erst so einen Tanz gezeigt, den er bei einem Schulfest knapp vor Ferienbeginn aufführen würde. Wie hieß der nochmal? Irgendetwas Englisches mit Springen – Jump, Jump ... Jumpstyle oder so ähnlich. Der Chefinspektor verdrängte diese Gedanken wieder.

»Danke, nein. Ich gehe lieber angeln. Schon allein meinen Trommelfellen zuliebe.«

Der Gruppeninspektor griff nach seinem Glas Wasser, leerte es, und erklärte dann: »Solche Clubbings sind schon eine tolle Sache – genau das Richtige nach einer harten Arbeitswoche. Zum Abtanzen, Chillen und so.«

Meierhofer stellte wieder einmal fest, dass er tatsächlich um etliche Jährchen älter war als sein Kollege. Abtanzen und Chillen?

Staudinger fuhr fort: »Leider gibt es bei diesen Clubbings auch Leute, denen die Musik, das Tanzen und der eine oder andere Drink nicht reichen, um sich am Wochenende zu entspannen. Sie verstehen, was ich meine?«

Der Chefinspektor nickte.

»Drogen?«, fragte er nach.

»Genau. Wenn Hüberl und Simmlinger einander also kannten, könnte es doch sein, dass Simmlinger mal bei einem DJ TUMLEH-Clubbing war.«

»Und falls beide Interesse an illegalen Drogen hatten, könnten sie ein derartiges Clubbing möglicherweise dazu genutzt haben, sich mit diesen zuzudröhnen.«

»Genau.«

Meierhofer runzelte die Stirn.

»Sie wissen aber schon, dass das sehr vage ist, Herr Kollege?«

»Klar, aber unwahrscheinlich ist es nicht. Nehmen wir also an, dass Simmlinger nicht nur während seiner Jugend Drogen konsumiert hat, sondern das immer noch tut. Zwar nur ab und zu und nur dann, wenn es seine Freundin nicht merkt, aber doch. Nehmen wir also weiter an, dass Helmut Hüberl ebenfalls eine Affinität zu illegalen Substanzen hat. Nehmen wir darüber hinaus an, dass Simmlinger und Hüberl, die einander über Simmlingers Arbeit an Hüberls Homepage kennen gelernt haben, Sympathie für einander empfanden, natürlich rein platonisch.«

Der Chefinspektor, der bei Staudingers *rein platonisch*-Aussage schmunzeln musste, übernahm: »Nehmen wir außerdem an, dass Simmlinger aufgrund dieser Sympathie einer Einladung zu einem DJ TUMLEH-Clubbing gefolgt ist. Nehmen wir an, dass es im Zuge dessen zum Konsum illegaler Drogen kam. Drogen, die unangenehme Nebenwirkungen haben können.«

»... wie akustische Halluzinationen, zum Beispiel.«

»Genau, wie akustische Halluzinationen, zum Beispiel.«

Für einen Moment lenkte die hübsche, junge Kellnerin Meierhofer ab. Aber nicht, weil sie so hübsch war, sondern weil sie in ihm den Drang weckte, sich noch einen Kaffee zu bestellen. Einen Drang, dem er nicht widerstehen konnte: »Fräulein, einen Latte macchiato noch, bitte!«

»Und für mich noch einen Eismarillenknödel!«

Anscheinend weckte die Kellnerin auch in Gruppeninspektor Staudinger seltsame Dränge.

Nachdem die attraktive Bedienung wieder verschwunden war, meinte der Chefinspektor nachdenklich: »Ihnen ist klar, dass das im Widerspruch zu den Ergebnissen der Blutuntersuchungen steht, Kollege Staudinger? Immerhin waren Simmlinger und Hüberl beide clean, als sie zu Mördern wurden.«

Staudinger nickte.

»Stimmt, aber was ist, wenn nicht die Drogen an sich, sondern der Entzug diese Stimmen ausgelöst hat? Vielleicht haben die beiden vor ein paar Tagen irgendetwas ganz Heftiges genommen, sind dann von dem Zeug runtergekommen und haben als Folge dessen die seltsamen Stimmen gehört.«

Meierhofer war immer noch nicht überzeugt, er strich sich über seinen Vollbart und murmelte dann: »Ich weiß nicht. Sind Drogen nicht normalerweise tagelang in Urin und Blut nachweisbar?«

Staudinger schüttelte vehement den Kopf.

»Nein, nicht alle. Das ist von Substanz zu Substanz komplett verschieden. Aber in Körperhaaren, da kann man sie, je nach Haarlänge, monatelang nachweisen.«

»Dann sollten wir unseren beiden Verdächtigen vielleicht das eine oder andere Härchen ausrupfen!«, meinte Meierhofer, der wohlwollend bemerkte, dass sich ihnen die hübsche, junge Kellnerin mit einem Tablett in der Hand näherte.

Staudinger nickte erneut.

»Ja, das sollten wir wohl wirklich tun, Herr Chefinspektor. Vielleicht bringt uns das ja weiter. Allerdings sind diese Haaranalysen ziemlich teuer.«

Meierhofer nickte dankend, als die Bedienung einen verführerischen Latte macchiato vor ihm abstellte, und sah zu, wie sie Staudinger seinen dritten Eismarillenknödel gab. Als sie wieder weg war, antwortete er: »Stimmt, Haaranalysen kosten wirklich eine ganze Menge, aber immerhin geht es in unseren Fällen um Mord – das sollte also kein Problem darstellen.«

»Ihr Wort in Gottes Ohr!«

7

Meierhofer und Staudinger hatten alle Fenster ihres Büros aufgerissen, aber dennoch schien kein erleichternder Luftzug aufkommen zu wollen. Obwohl es bereits früher Abend war, war es schwül und heiß, hier in der Außenstelle des Landeskriminalamts Niederösterreich. Das war an Sommertagen leider fast immer so – und der Sommer hatte gerade erst begonnen!

»Geht klar, Kollege Staudinger, ich habe das mit den Haaranalysen in die Wege geleitet. Wird aber wohl ein wenig dauern, bis wir die Ergebnisse bekommen. Vor Montag kümmert sich niemand um die Entnahme der Proben, und bis so ein Haar analysiert ist, dauert es auch einige Zeit, also müssen wir uns wohl noch ein wenig in Geduld üben«, erklärte Chefinspektor Meierhofer, nachdem er den Telefonhörer zurück auf die Gabel gelegt hatte.

Staudinger, der an seinem Computer saß, nickte gedankenverloren. Dann meinte er: »Schauen Sie mal, was ich gefunden habe!«

Der Chefinspektor, dessen Hemd nun wieder schweißgetränkt war, näherte sich seinem Kollegen von hinten. Er blickte ihm über die Schulter, nicht ohne einen angemessenen Sicherheitsabstand zu halten, mittlerweile roch man nämlich auch, dass ihm heiß war.

Ohne einen Kommentar seines Chefs abzuwarten, erklärte Staudinger: »Ich habe im Internet nach DJ TUMLEH-Clubbings gesucht. Anscheinend hat unser Gärtner, bevor er in U-Haft gesteckt wurde, öfters bei Clubbings aufgelegt. Allein in den letzten drei Monaten zehn Mal. Darunter auch Clubbings in Krems, Zwettl und Horn. Wäre also leicht möglich, dass unsere Clubbing-Drogenkonsum-Theorie stimmt. Simmlinger hätte auf alle

Fälle Chancen genug gehabt, ein DJ TUMLEH-Clubbing zu besuchen.«

»Vielleicht sollten wir unsere beiden Verdächtigen einfach mal besuchen und auf diese Sache ansprechen?«

»Warum nicht?«

Staudinger blickte auf die sportliche, orangefarbene Armbanduhr, die perfekt zu seinem ebenso sportlichen Outfit passte. Unglaublich, dass auf seinem Poloshirt noch immer kein einziger Schweißfleck zu sehen war!

»Allerdings ist es heute schon ziemlich spät, und irgendwann sollte ich mich mal kurz zuhause blicken lassen, Chef. Ich nehme an, Ihre Frau hat auch schon Sehnsucht nach Ihnen«, meinte Staudinger schmunzelnd.

Auch auf Meierhofers Gesicht machte sich ein Schmunzeln breit.

»Sehnsucht, nach mir? Ich glaube, Irene ist ganz froh, wenn sie ihre heilige Ruhe hat. Aber Sie haben recht, für heute haben wir wohl genug getan. Unsere beiden Verdächtigen sitzen sowieso in U-Haft, es ist also keine Gefahr im Verzug. Nochmal können sie ja nicht zuschlagen. Wir haben somit jede Menge Zeit, um herauszufinden, was die beiden zu ihren grausamen Taten getrieben hat. Es eilt ja nicht, also lassen Sie uns für heute Schluss machen!«

»Sie machen Schluss mit mir? Das trifft mich aber hart, Herr Chefinspektor«, konterte Staudinger grinsend.

»Machen Sie sich nichts draus, vielleicht probieren wir es am Montag noch einmal miteinander«, lautete Meierhofers Antwort.

Staudinger drückte mit einem Mausklick auf das *Ausschalten*-Symbol, das zwischen den Wörtchen *Standby* und *Neu starten* auf dem Bildschirm seines Computers prangte.

»Also gut, dann sehen wir uns wieder am Montag. Genießen Sie den Sonntag mit Ihrer Familie! Ganz ruhig, gemütlich und gewaltfrei, Chef.«

Während Meierhofer die Fenster schloss, antwortete er: »Wird gemacht, Kollege Staudinger, und Sie schauen auch, dass Sie ein wenig Ruhe bekommen! Dann können wir am Montag in alter Frische loslegen.«

*

Als Meierhofer wenig später nachhause kam, spürte er sofort, dass Irene sauer war. Die schlechte Stimmung lag fühlbar in der Luft.

Okay, es war später geworden, als er ursprünglich beabsichtigt hatte, aber trotzdem verstand er nicht ganz, warum Irene sich so sehr darüber aufregte. Sie war es doch gewohnt, dass er immer wieder länger im Büro blieb, als eigentlich ausgemacht war, vor allem, wenn er mitten in einem neuen Fall steckte. Normalerweise nahm sie das gelassen hin. Heute war sie allerdings kurz vor dem Explodieren.

»Es ist sechs Uhr, Hans! Verstehst du das unter kurz ins Büro schauen?! Marianne, Karl und Lukas waren zum Essen hier! Ich habe extra einen Schweinsbraten mit Knödeln und Sauerkraut gemacht, und wer war nicht da? Du! Kannst du dir vorstellen, wie enttäuscht Lukas war, weil sein heißgeliebter Opa auf ihn vergessen hat?! Du hast ihm versprochen, mit ihm gemeinsam eine Steinschleuder zu basteln! Und dann bist du nicht da! Schäm dich!«

Meierhofer war sein schlechtes Gewissen deutlich anzusehen. Das Familienessen! Dass die Kinder zum Essen kommen wollten, hatte er schlicht und einfach vergessen. Nachdem klar gewesen war, dass der Angelausflug ins Wasser fallen würde, hatte Irene beschlossen, stattdessen für Samstagmittag die Familie zum Essen einzuladen. Eines der Irene so heiligen Familienessen hatte stattgefunden, und er war nicht dabei gewesen. Schwerer Fehler! Noch schlimmer war aber, dass er Lukas enttäuscht hatte. Was war er nur für ein Großvater?

Reumütig murmelte er: »Entschuldige bitte, Irene. Ich habe komplett auf das Essen vergessen. Warum habt ihr mich denn nicht angerufen?« Irene funkelte ihn wütend an.

»Haben wir doch! Mindestens zehn Mal! Aber im Büro warst du nicht erreichbar, und dein Handy hast du anscheinend nicht gehört.«

Meierhofer zog sein Handy aus der Hosentasche. Es war ausgeschaltet. Kein Wunder, dass sie ihn nicht erreicht hatten.

»Weißt du was, Hans? Ich glaube, du solltest dir in Zukunft alles aufschreiben. Wie es aussieht, wirst du alt. Du vergisst ständig irgendetwas. Es ist einfach kein Verlass mehr auf dich«, giftete Irene, bevor sie in der kleinen Bibliothek verschwand, die einst Mariannes Kinderzimmer gewesen war, und knallend die Tür hinter sich zuschlug. Der stattliche Chefinspektor verwandelte sich in ein Häufchen Elend. Irene hatte recht. Er wurde wirklich alt.

Meierhofer sah es schon förmlich vor sich: Er, mit schlohweißen Haaren und ebenso weißem Bart, in einem Schaukelstuhl im Garten sitzend. Eine karierte Decke über den Beinen, damit ihm nicht kalt wurde. Weit war er davon anscheinend nicht mehr entfernt. Vielleicht sollte er wirklich anfangen, sich alles aufzuschreiben.

Er ging in die Küche, um nach Resten des Schweinsbratens zu suchen. Den geplanten harmonischen Abend mit seiner Ehefrau konnte er sich abschminken. Er hoffte nur, dass wenigstens diese Nacht besser werden würde als die letzte.

Eine Hoffnung, die sich ebenfalls nicht erfüllen sollte.

*

Er hält es nicht mehr aus! Schon wieder beschallen die da oben ihn mit dieser grässlichen Musik. Er hat ohnehin Kopfschmerzen. E-Gitarren und Schlagzeug-Lärm sind das Letzte, was er jetzt gebrauchen kann. Eigentlich müsste er lernen, aber wie soll er sich bei diesem Radau konzentrieren? Das ist unmöglich.

Kein Respekt. Ich hab's dir doch gesagt, sie haben keinen Respekt vor dir. Diese faulen Studenten. Feiern eine Party nach der anderen, während du mühsam die Matura nachmachst. Und das neben deiner Arbeit. Respekt. Du verdienst Respekt! Tu doch endlich etwas!

Da sind sie wieder, diese Stimmen. Sie machen ihm ein wenig Angst. Andererseits haben sie ja recht. Er verdient jedermanns Respekt. Aber wird ihm dieser auch entgegengebracht? Nein! Für alle ist er nur der lächerliche Fleischhauer, der sich plötzlich einbildet, die Matura nachmachen zu müssen.

Die da oben belächeln dich besonders, da kannst du dir sicher sein. Sie haben die Matura ja schon. Ganz locker erworben in irgendeinem Oberstufenrealgymnasium. Jetzt studieren sie wahrscheinlich Psychologie, Publizistik oder irgendetwas anderes, das sie zu gut ausgebildeten Arbeitslosen macht. Aber du, du hast ein konkretes Ziel vor Augen, und sie halten dich durch diesen katastrophalen Lärm davon ab, das auch zu erreichen. Zeig ihnen endlich, wo Gott wohnt!

Er lacht leise auf. Wo Gott wohnt. Das ist gut. Ist er Gott? Nein, aber ziemlich nahe dran. Er hat die Macht, über Leben und Tod zu entscheiden. Er tut das tagtäglich. Normalerweise müssen Schweine, Rinder, Schafe und Geflügel dran glauben. Aber warum nicht auch mal anderes Getier? Sie sind doch alle nur Säugetiere.

Genau so ist es. Also, leg los! Du hast doch eine ganze Menge scharfer Messer in der Küche. Willst du nicht eines davon holen? Vielleicht das neue, mit der fünfunddreißig Zentimeter langen Klinge?

Er überlegt einen Moment. Ein wenig Skrupel hat er schon, andererseits haben die da oben ja auch keine Skrupel. Sie scheren sich einen Dreck darum, ob sie ihn bei irgendetwas stören. Und das, obwohl er sie schon mehrmals ersucht hat, etwas Rücksicht auf ihn zu nehmen. Immer ist er dabei nett und höflich gewesen.

Nett und höflich war einmal! Lass dich doch nicht länger verarschen! Sie haben es nicht anders verdient.

Stimmt.

Sie haben es nicht anders verdient. Er steht auf und geht langsam in die moderne, große Küche. Dort öffnet er eine der vielen Laden. Vorsichtig greift er nach dem längsten Messer, das er darin aufbewahrt. Es ist sein bestes Stück. Nur für Profis.

Du bist doch ein Profi. Keiner weiß so gut wie du, wie man das macht. Zeig ihnen, was du kannst!

Er geht zur Wohnungstür, öffnet diese und schlüpft leise ins Treppenhaus.

Lass dich nur nicht erwischen! Sonst ist eure kleine, private Party vorbei, bevor sie angefangen hat.

Er schmunzelt. Ihre kleine, private Party. Das klingt gut. Er ist für die Showeinlage zuständig. Als Messerwerfer. Vorsichtig sieht er sich um. Keiner da. Er hat freie Bahn. So leise er kann, schleicht er die Treppe hinauf. Dann steht er vor ihrer Tür. Hier ist die Musik, die aus der Wohnung dringt, unerträglich laut.

Hör dir das an! Sie haben es tatsächlich nicht anders verdient! Kein Respekt! Überhaupt kein Respekt!

Er spürt eine Welle der Wut in sich hochsteigen. Jetzt oder nie. Er läutet Sturm. Unaufhörlich. Bis endlich die Tür geöffnet wird. Als es so weit ist, sticht er zu.

8

Er gibt Anna Goldschmied ein Küsschen auf die linke Wange, dann eines auf die rechte.

»Danke für den Kaffee und den Gugelhupf«, flüstert er dabei.

Sie lächelt.

»Dafür bekomme ich jetzt Ihren schönen Kollegen zum Mann«, erwidert sie.

»Geht leider nicht. Er ist schwul«, antwortet er.

Anna Goldschmied ist enttäuscht.

»Schade«, schluchzt sie, wobei ihr Tränen über die Wangen rinnen.

»Aber den Willibald Schuster können Sie haben. Seine Frau liegt im Krankenhaus, und er kann ein weibliches Händchen dringend gebrauchen.«

Sie scannt den Weinbauer von oben bis unten und schüttelt dann angewidert den Kopf.

»Danke, aber so nötig habe ich es auch nicht.«

Da schrillt plötzlich ein Telefon. Es hört gar nicht mehr auf zu läuten.

Chefinspektor Meierhofer schlug die Augen auf. Sein Herz raste wie verrückt. Er blickte sich um. Er war allein. Keine Anna Goldschmied, kein Stefano Staudinger, keine Irene. Letztere war wohl wieder ins Wohnzimmer ausgewandert. Dieses Mal wahrscheinlich aus Trotz.

Erst jetzt wurde ihm bewusst, dass es sein Diensthandy war, das ihn aus dem Schlaf gerissen hatte. Es klingelte und vibrierte auf dem Nachtkästchen vor sich hin und war kurz davor, auf den

Boden zu fallen. Rasch griff Meierhofer danach. Ein flüchtiger Blick auf das Display genügte, um ihn mit zwei wichtigen Informationen zu versorgen: Es war kurz vor Mitternacht, und es war mit Sicherheit erneut etwas Schreckliches geschehen. Oder hatte Gruppeninspektor Staudinger einfach nur Sehnsucht nach ihm? Er ging ran.

»Staudinger? Haben Sie Sehnsucht nach mir, oder ist wieder etwas passiert?«, fragte er verschlafen.

Staudingers Antwort bestätigte Meierhofers schlimmste Befürchtungen.

»Ich komme gleich«, murmelte er.

Dann ging er ins Bad, drehte den Wasserhahn des grünen Waschbeckens, ein Relikt aus den Siebzigerjahren des letzten Jahrhunderts, auf und ließ literweise eiskaltes Wasser ins Becken laufen. Nachdem er seinen Kopf hineingesteckt hatte, fühlte er sich verhältnismäßig frisch und munter. Jetzt, da er wieder klar denken konnte, überfiel ihn für einen kurzen Moment die Panik. Was, wenn das jetzt immer so weiter gehen würde? Was, wenn er es nicht schaffen würde, diesen Wahnsinn zu stoppen?

Nachdem er sich angezogen hatte, schrieb er noch rasch eine kurze Nachricht für Irene: *Es ist schon wieder etwas Schreckliches passiert. Muss leider weg. Hoffe, dass ich zum Frühstück wieder da bin. Hab dich lieb. Hans*

Als Chefinspektor Meierhofer in seinem Espace saß und auf dem Weg zum Tatort war, ging ihm eine Menge durch den Kopf: War das wieder ein Verbrechen, das mit irgendwelchen Stimmen zu tun hatte? Wie war es möglich, dass in einer Gegend, in der sonst nur selten etwas Schreckliches passierte, plötzlich ein grausames Verbrechen nach dem anderen stattfand? Was, wenn das noch nicht alles gewesen war? Wenn es nun immer so weiterging? Er musste diesen Wahnsinn stoppen! Er musste es irgendwie schaffen, diesen Wahnsinn zu stoppen!

»Na toll. Die Last der Rettung der Welt liegt auf den Schultern eines übergewichtigen, alternden, zunehmend senil werdenden Chefinspektors aus der Provinz«, raunte er zynisch, als er bereits die blinkenden Lichter der Polizeistreifen sah, die wohl als Erste am Tatort eingetroffen waren. Meierhofer strich sich über den Bart. Wenn das mal gut ging.

*

»Guten Abend, Herr Chefinspektor …«, weiter kam die junge Polizistin nicht.

»Nein danke, ich will keinen Kaffee«, unterbrach sie Meierhofer. Von Kaffee an Tatorten hatte er nach dem letzten Mal die Nase voll.

»Wo finde ich Herrn Gruppeninspektor Staudinger?«

»Sie müssen die Stiegen rauf. Der Tatort ist ganz oben. Die Dachgeschoßwohnung«, erklärte die junge Polizistin freundlich.

Meierhofer eilte die Treppen hinauf. Als er sich dem Ort des Geschehens näherte, sah er schon von weitem eine riesige Blutlache, die sich im Vorhaus ausgebreitet hatte. Der Chefinspektor spürte, wie ihm ein wenig übel wurde. Das passierte ihm immer wieder mal. Trotz der jahrelangen Berufserfahrung.

»Ah, Herr Chefinspektor Meierhofer. Langsam sehe ich Sie öfter als meinen Freund, dabei dachte ich, Sie hätten bis Montag mit mir Schluss gemacht«, begrüßte ihn Staudinger, der frisch und fesch aussah, wie immer.

Er trug ein anderes Outfit als vor wenigen Stunden, hatte aber wieder eine farblich passende Uhr am linken Handgelenk. Wie schaffte er es nur, zu dieser Tageszeit auszusehen, als wäre er gerade einer Modezeitschrift entsprungen?

»Ich hab's halt nicht ausgehalten, Kollege Staudinger. Meine Frau wird übrigens auch schon eifersüchtig auf Sie«, konterte Meierhofer schmunzelnd. Die kritischen Seitenblicke ihrer uniformierten Kollegen ignorierten die beiden. Rasch wurde Meierhofer wieder ernst.

»Also, legen Sie los! Was ist hier passiert?«, fragte er gespannt.
Staudinger zeigte auf die Blutlache.

»Das Blut hier stammt von einem zwanzigjährigen Psychologiestudenten namens Manuel Unterleitner. Er wurde bereits mit dem Hubschrauber ins Landesklinikum Krems eingeliefert. Liegt wahrscheinlich mittlerweile auf der Intensivstation. Schwere innere Verletzungen und starker Blutverlust, nehme ich an. Kein Wunder, bei einem Bauchstich mit einem fünfunddreißig Zentimeter langen Messer.«

Der Chefinspektor stieß einen erstaunten Pfiff aus. Er war erleichtert, dass dieser Unterleitner noch am Leben war. Sechs Leichen an einem Wochenende waren für seinen Geschmack mehr als genug.

Staudinger fuhr fort: »Das Opfer hatte Glück, dass einer seiner beiden WG-Mitbewohner ein Pfefferspray griffbereit hatte. Damit konnten sie den Täter, Mario Dornmann, außer Gefecht setzen und ihn schließlich überwältigen.«

Meierhofer strich sich über den Vollbart.

»Gibt es Grund zur Annahme, dass dieses Verbrechen mit den beiden anderen in Verbindung steht, Staudinger, oder ist es bloß ein dummer Zufall, dass diese Attacke so kurz nach den beiden anderen stattgefunden hat?«

Meierhofer betete inständig, dass es keinen Zusammenhang gab. Er wurde jedoch enttäuscht.

»Ja, leider scheint es so, als gäbe es da eine Verbindung. Mario Dornmann ist nämlich neununddreißig Jahre alt. Er ist im Mai geboren, also Baujahr 1971.«

Meierhofer lief es kalt über den Rücken. Das konnte doch nicht wahr sein! Ein schrecklicher Gedanke drängte sich ihm auf.

Er äußerte seine Vermutung: »Er hat doch nicht ebenfalls behauptet, dass ihn Stimmen zu der Tat getrieben hätten, oder doch?«

Gruppeninspektor Staudinger nickte langsam.

»Doch, das hat er. Trotzdem ist es dieses Mal ein wenig anders.

Im Gegensatz zu Paul Simmlinger und Helmut Hüberl hat er nämlich nicht *Jetzt sind sie zufrieden* gemurmelt, als ich hier eingetroffen bin. Er hat auch nicht geschmunzelt. Ganz im Gegenteil. Er war am Boden zerstört. Die zwei Zeugen haben berichtet, dass er gleich nach der Tat immer wieder den Satz *Ich habe sie enttäuscht* wiederholt hat.«

Das wiederum überraschte den Chefinspektor überhaupt nicht.

Er erwiderte: »Das ergibt doch Sinn. Im Gegensatz zu Simmlinger und Hüberl war dieser Dornmann ja auch nicht erfolgreich. Er hat die Quelle seines Ärgers nicht vernichtet, wie die beiden anderen das zuvor getan haben. Wenn aber die Stimmen von ihm verlangt haben, genau dies zu tun, hat er sie enttäuscht.«

Staudinger nickte bedächtig. Im selben Moment läutete sein Diensttelefon. Er ging ran: »Aha ... Gut ... Danke, dass Sie mich verständigt haben. Bitte halten Sie mich weiterhin auf dem Laufenden!«

Meierhofer blickte seinen jungen Kollegen interessiert an.

Der erklärte umgehend: »Das waren die Kollegen aus dem Krankenhaus. Manuel Unterleitner liegt auf der Intensivstation. Sein Zustand ist stabil. Dornmann hat also wirklich versagt.«

»Gott sei Dank, Kollege Staudinger. Gott sei Dank«, raunte Meierhofer.

Er blickte in die Wohnung. Zwei junge Männer saßen auf einem Sofa, beide hatten Decken über den Schultern hängen. Sie waren leichenblass und zitterten ein wenig. Anscheinend standen sie unter Schock. Ein Sanitäter kümmerte sich um sie.

»Was war eigentlich der Grund für diese Messerattacke, von den Stimmen einmal abgesehen?«, fragte der Chefinspektor seinen jungen Kollegen, während er sich erneut über den Bart strich.

»Dazu können wir zum jetzigen Zeitpunkt nur Vermutungen anstellen. Im Gegensatz zu Helmut Hüberl war dieser Herr Dornmann nämlich nicht besonders gesprächig. Er wurde übrigens ebenfalls ins Landesklinikum Krems eingeliefert, natürlich in Begleitung zweier uniformierter Kollegen. Hat ein bisschen was abgekriegt, der Gute. Die Zeugen haben von einigen Zwistigkeiten berichtet, die es zwischen ihnen, dem Opfer und Mario Dornmann gab. Anscheinend hören die drei jungen Herren gerne Heavy-Metal-Musik. Und das wahrscheinlich weit über Zimmerlautstärke. Mario Dornmann muss sich deshalb schon öfters bei ihnen und auch beim Vermieter beschwert haben. Das war den drei Studenten aber, vermute ich jetzt mal, mehr oder weniger egal. Na ja, und heute Abend wird es dem Herrn Dornmann dann einfach zu viel geworden sein. Er hat sich ein scharfes Messer geschnappt, ist übrigens Fleischhauer, der Mann. Arbeitet in einem Schlachthof. Er hat sich also dieses Messer genommen und bei den drei Studenten Sturm geläutet. Manuel Unterleitners Fehler war einfach, dass er die Tür aufgemacht hat. Laut Spurensicherung hat der Verdächtige ihm das Messer anscheinend, ohne lange zu fackeln, von vorne in den Bauch gerammt. Kurz darauf müssen die anderen beiden dazugekommen sein. Den Rest der Geschichte kennen Sie ja schon.«

Chefinspektor Meierhofer fühlte, wie sich ein unangenehmes Gefühl in seinem stattlichen Bauch breitmachte. Die Sache mit diesen ominösen Stimmen gefiel ihm nicht. Womit hatten sie es hier nur zu tun?

»Ich würde gerne mit den beiden Zeugen sprechen, Kollege Staudinger. Fahren Sie einstweilen ins Krankenhaus. Ich komme dann, so rasch ich kann, nach. Ich möchte diesen Herrn Dornmann auf alle Fälle noch zu Gesicht bekommen, bevor die Staatsanwaltschaft ihn in U-Haft stecken lässt.«

Staudinger nickte.

»Geht klar, Herr Chefinspektor.«

Meierhofer trat in die Wohnung. Bevor er komplett darin verschwand, drehte er sich noch einmal um.

»Ach ja, noch etwas, Kollege Staudinger. Könnten Sie bitte der jungen uniformierten Kollegin draußen sagen, dass ich nun doch gerne einen Kaffee hätte. Mit …«

»… extra viel Milch. Ich weiß, Chef.«

9

Als Chefinspektor Meierhofer am Sonntagmorgen nachhause kam, konnte er sich kaum noch auf den Beinen halten. Trotz mehrerer Tassen Kaffee, schließlich sogar schwarz getrunken!!!, war er hundemüde. Außerdem nahmen ihm seine Magennerven den exzessiven Kaffeekonsum mehr als übel. Er war einfach schon zu alt für all das. Früher hatte er, wenn ein neuer Fall aufzuklären gewesen war, problemlos zwei Tage und Nächte durchgearbeitet. Das ging heute nicht mehr. Eine Nacht mit extrem unruhigem Schlaf und eine Nacht beinahe gänzlich ohne Schlaf, und er war kaputt, zerstört, ein Wrack.

»Gesteh' es dir ein, mein Lieber. Du wirst alt. Der Sechziger lässt grüßen«, flüsterte Meierhofer, als er aus seinen Schuhen schlüpfte.

Dann schlich er auf Socken in die Küche. Er wollte Irene nicht aufwecken.

Die war jedoch längst wach. Sie saß am Küchentisch, eine Schale dampfenden, grünen Tee in den Händen und ein nach Marillen duftendes Marmeladenbrot auf dem Teller vor sich liegend.

»Na, hat dich die senile Bettflucht überfallen?«, fragte Meierhofer seine Herzallerliebste keck.

Irene schmunzelte. Das war ein gutes Zeichen. Anscheinend hatte sie ihm verziehen, dass er das Samstags-Familienessen vergessen hatte.

»An deiner Stelle würde ich den Mund nicht zu weit aufmachen, mein Lieber. Hast du schon mal in den Spiegel geschaut? Ich sehe wenigstens, trotz seniler Bettflucht, aus wie das blühende Leben und nicht wie ein Zombie«, konterte Meierhofers bessere Hälfte.

Eins zu null für Irene. Sie hatte recht. Sie sah tatsächlich aus wie das blühende Leben, was man von ihm mit Sicherheit nicht behaupten konnte.

»Willst du einen Kaffee? Du siehst aus, als könntest du jede Menge Koffein vertragen. Am besten gleich intravenös«, meinte Irene fürsorglich, während sie aufstand, um eine Tasse für ihren Mann zu holen.

Der protestierte: »Nein, danke! Lass nur, Schatz.«

Ein besorgter Gesichtsausdruck machte sich auf Irenes Antlitz breit.

»Du hast die ganze Nacht durchgearbeitet und willst keinen Kaffee? Ich glaube, ich muss schleunigst das Fieberthermometer holen. Du bist mit Sicherheit krank«, murmelte sie.

Meierhofer konnte nicht anders, er musste lachen, obwohl ihm eigentlich nicht nach Lachen zumute war. Er ging auf Irene zu, nahm sie in seine Arme, und drückte sie fest an sich. Die beiden gaben dabei ein lustiges Bild ab. Immerhin war Hans Meierhofer zwei Köpfe größer als seine Frau, die mit einem Meter dreiundfünfzig nicht allzu groß geraten war. Für den Chefinspektor war sie dennoch die Größte. »Was täte ich nur ohne dich, Irenchen?«, fragte er leise.

»Das kann ich dir sagen, mein Lieber. Ohne mich wärst du aufgeschmissen. Hilflos.« Meierhofer wusste, dass seine Frau ihn aufziehen wollte. Trotzdem steckte in dem, was sie sagte, ein Fünkchen Wahrheit. Ohne seine Frau, ohne seine Familie als Ausgleich zu seinem stressigen, oft auch grausamen Beruf wäre er wirklich aufgeschmissen. Irene löste sich aus Meierhofers Umarmung.

»Also, wenn du keinen Kaffee willst, Hans, dann würde ich sagen, es ist das Beste für dich, warm duschen und danach ins Bett zu gehen. Du siehst aus, als könntest du ein paar Stunden Schlaf gebrauchen.«

Meierhofer schüttelte den Kopf.

»Keine Zeit. Ich muss wieder ins Büro. Die drei neuen Fälle gehören schleunigst gelöst! Wir haben zwar die Täter, aber ich muss herausfinden, was hinter diesen ominösen Stimmen steckt! Wer weiß, vielleicht passiert so etwas Furchtbares sonst wieder.«

Irenes Gesichtsausdruck veränderte sich dramatisch. Sie sah nun wütend aus.

»Jetzt sage ich dir einmal etwas, mein Lieber! Es ist Sonntag, du hast das ganze Wochenende nur gearbeitet, obwohl wir eigentlich gemeinsam nach Ottenstein fahren wollten, du hast seit zwei Tagen nicht mehr richtig geschlafen und siehst aus wie ein Zombie. Wenn du in diesem Zustand ins Büro fährst, gefährdest du nicht nur deine Gesundheit, sondern auch die aller anderen Verkehrsteilnehmer. Abgesehen davon wirst du, übermüdet wie du bist, in den nächsten Stunden sowieso nicht darauf kommen, was hinter deinen drei Fällen steckt. Du vergisst, dass du keine dreißig mehr bist, mein Schatz! Also wenn du nicht vor lauter Erschöpfung bald selbst Stimmen hören willst, solltest du jetzt schleunigst ins Bett gehen und ein paar Stunden tief und fest schlafen! Danach kannst du immer noch ins Büro fahren, wenn du unbedingt möchtest. Meinen Segen hast du dann.«

Hans Meierhofer war immer wieder erstaunt, welche Energie seine Frau schon am frühen Morgen entwickeln konnte. Sie war überzeugend, das musste man ihr lassen. Im Grunde wusste er ja, dass sie recht hatte. Er salutierte theatralisch, genau so, wie er es vor Jahrzehnten in der Kaserne Mautern gelernt hatte.

»Zu Befehl, Frau Oberstleutnant!«

Während Irene sich wieder an den Tisch setzte und sich ihrem Frühstück widmete, genehmigte sich der Chefinspektor also eine heiße Dusche. Kurz darauf fiel er wie ein Stein ins Bett. Noch bevor Meierhofer an irgendetwas denken konnte, war er eingeschlafen.

*

»Opa!? Bastelst du jetzt endlich diese Steinschleuder mit mir!?«

»Leise, Lukas! Opa schläft! Er hat die ganze Nacht gearbeitet.«

Meierhofer wurde von den Stimmen seines Enkels und seiner Tochter geweckt. Wo kamen die denn her, am frühen Morgen? Es dauerte einen Moment, bis dem Fünfundfünfzigjährigen bewusst wurde, dass es nicht früh am Morgen, sondern früh am Nachmittag war. Hatte er tatsächlich so tief und fest geschlafen?

»Aber Opa hat mir doch versprochen, dass er mit mir eine Steinschleuder bastelt!«, hörte Meierhofer die enttäuschte Stimme seines Enkels.

»Du sollst leise sein, habe ich gesagt, Lukas! Opa braucht seine Ruhe. Die Steinschleuder könnt ihr später auch noch basteln«, antwortete seine Tochter genervt.

»Manno!«, lautete Lukas' Kommentar dazu.

Wo er diesen Ausdruck wieder herhatte? Sicher aus dem deutschen Fernsehen. Um Lukas eine weitere Enttäuschung zu ersparen, quälte sich der Kriminalbeamte aus dem Bett. Im Moment fühlte er sich nicht wie ein immer noch im Dienst stehender Chefinspektor, sondern wie ein Neunzigjähriger nach dem Mittagsschläfchen. Alt, alt, alt. Er zog sich, so rasch er konnte, den bequemen, schwarzen Jogginganzug an, den Irene ihm zum letzten Geburtstag geschenkt hatte.

Wenig später stand er im Wohnzimmer.

»Na, Lukas, wollen wir jetzt eine Steinschleuder basteln?«, fragte er, wobei er sich bemühte, frisch und fröhlich zu klingen.

Lukas hüpfte begeistert auf und ab, bis ihm wohl bewusst wurde, dass das nicht besonders cool aussah.

Er stoppte die Hüpferei und meinte lässig: »Aber klaro, Opa.«

Nun schaltete sich Irene ein: »Ich glaube, dein Opa braucht noch einen Kaffee, bevor ihr loslegen könnt.«

Lukas grinste.

»Einen Kaffee mit extra viel Milch«, imitierte er Meierhofers Stimme.

Alle lachten. Diese Familie war wirklich Gold wert.

Während sie bei Kaffee und Kuchen saßen, Marianne hatte ihren köstlichen Topfenkuchen mit Heidelbeeren gebacken, kam das

Gespräch auf die drei aktuellen Kriminalfälle.

»Wie heißen die drei Verdächtigen nochmal?«, fragte Marianne neugierig. »Vielleicht kenne ich sie ja.«

Der Chefinspektor überlegte einen Moment. Eigentlich durfte er zuhause nicht zu viel ausplaudern, aber es blieb ja in der Familie.

Er holte tief Luft, dann erklärte er: »Das könnte sogar möglich sein. Die drei sind etwa in eurem Alter. Also der Jäger heißt Paul Simmlinger, der Brandstifter Helmut Hüberl und der Messerstecher Mario Dornmann.«

Lukas blieb der Mund offen stehen.

»Krass«, raunte er beeindruckt.

Marianne und Karl überlegten, ob ihnen die Namen bekannt vorkamen.

»Ich glaube, dieser Simmlinger hat die Homepage unseres Theatervereins gestaltet. Persönlich kennen gelernt habe ich ihn aber nicht. Die anderen beiden Namen sagen mir gar nichts, und dir, Karl?«, meinte Marianne schließlich, die mit ihren vierunddreißig Jahren ein bisschen jünger war als die drei Verdächtigen.

Karl nickte langsam.

»Ich glaube, dass ich diese Namen schon einmal gehört habe. Aber ich kann sie nicht recht zuordnen. Sind die drei so alt wie ich?«, fragte er zögernd. Karl war vierzig Jahre alt. Erst vor einem Monat hatten sie seinen Geburtstag groß gefeiert.

»Fast. Sie sind alle drei Jahrgang 1971«, erwiderte Meierhofer.

»Ah ha ... Weißt du was, Schwiegervater, ich überlege weiter, woher ich die drei Namen kenne. Falls mir etwas dazu einfallen sollte, gebe ich dir Bescheid«, raunte Karl, der einfach nicht darauf kam, woher er die Namen der Verdächtigen kannte.

Irene, die es nicht gerne mochte, wenn im Kreise der Familie über gruselige Kriminalfälle gesprochen wurde, versuchte, vom Thema abzulenken.

»Und Lukas, was tut sich in der Schule?«, fragte sie deshalb ihren Enkel neugierig. Lukas verzog das Gesicht. Er ging in die erste

Klasse eines Musikgymnasiums und war dort eigentlich ganz zufrieden, aber jetzt, so knapp vor Schulschluss, machte auch ihm das Lernen keinen Spaß mehr.

»Geht so. Die meisten Lehrer haben die Noten eh schon festgelegt, deshalb ist es jetzt nicht mehr so stressig, nur der Teufel lässt uns nicht in Ruhe.«

»Kein Wunder, bei dem Namen«, entfuhr es Meierhofer.

»Warum lässt er euch nicht in Ruhe?«, erkundigte er sich danach mitfühlend.

Lukas zuckte mit den Schultern.

»Keine Ahnung, was mit dem los ist. Er ist dauernd grantig und macht einen Test nach dem anderen. Dabei haben wir in Mathik eh so viele Schularbeiten gehabt. Ich versteh' nicht, wozu der dann noch die vielen Tests braucht. Aber in Physik und Chemie ist er angeblich noch schlimmer als in Mathik. Das hat mir der Julian aus der vierten Klasse erzählt. So, und jetzt will ich endlich die Steinschleuder basteln. Oder brauchst du noch einen Kaffee mit extra viel Milch?«

Lukas hatte seine Stimme wieder verstellt, was erneut die gesamte Familie zum Lachen brachte.

Chefinspektor Meierhofer, der in diesem Moment endlich wieder einmal nur Ehemann, Papa und Opa war, antwortete schmunzelnd: »Sei ja nicht zu frech, junger Mann! Denk immer daran, dass dein Opa eine Dienstwaffe hat.«

Lukas grinste übers ganze Gesicht.

»Aber Opa, du kannst ja nicht einmal einer Fliege etwas zuleide tun.«

»*Das hat Anna Goldschmied über Paul Simmlinger auch gesagt*«, dachte Meierhofer. Und schon war er wieder der Kriminalbeamte.

*

Drei Stunden später, Lukas hatte mittlerweile ein ganzes Arsenal an Steinschleudern, griff Meierhofer nach seinem Diensthandy.

Dieses Mal würde er Staudinger anrufen. Er war gespannt, ob der Gruppeninspektor an einem Sonntagabend überhaupt ans Telefon gehen würde.

Er ging ans Telefon.

»Guten Abend, Kollege Staudinger. Hans Meierhofer spricht. Haben Sie in den nächsten paar Stunden schon was vor? Ich hätte große Lust, unsere Verdächtigen zu vernehmen und würde Sie gerne dabei haben. Sie wissen schon, dieser Good Cop-Bad Cop-Nummer wegen. Funktioniert einfach besser zu zweit.«

Meierhofer wartete gespannt auf die Antwort des Gruppeninspektors. Als diese so ausfiel, wie er sich das vorgestellt hatte, meinte er zufrieden: »Ich wusste ja, dass ich mit Ihnen rechnen kann. In einer halben Stunde vor der Justizanstalt Krems, in Ordnung? Gut, bis dann.«

Irene, die das Telefongespräch belauscht hatte, warf ihrem Mann einen besorgten Blick zu.

»Versprich mir eines, Hans! Knie dich nicht allzu sehr in diese Sache hinein! Ich habe Angst, dass du dich überforderst. Immerhin gehst du auf die Sechzig zu. Denk daran, was deinem Vater passiert ist!«

Da war es wieder, dieses *Denk daran, was deinem Vater passiert ist!*

Meierhofers Vater, der genau wie er selbst Polizist gewesen war, war mit zweiundsechzig Jahren an einem Herzinfarkt gestorben. Im Dienst. Während einer Verkehrskontrolle war er einfach so umgekippt.

Hans Meierhofer wusste genau, dass er seinem Vater ähnlich war. Dieselbe Liebe zum Beruf, die gleichzeitig mit einem verheerenden Perfektionismus verbunden war – sein Vater hätte zur damaligen Zeit mit zweiundsechzig längst in Pension gehen können, er hatte sich jedoch strikt dagegen geweigert. Meierhofers Mutter hatte ihn nicht nur einmal darum gebeten, an sich und die Familie zu denken, trotzdem war ihm die Arbeit wichtiger gewesen. Was den Chefinspektor jedoch von seinem Vater unterschied, war die Tatsache, dass er weder rauchte noch trank. Er würde keinen Herzinfarkt bekommen, da war er sich sicher. Meierhofer gab seiner Frau einen Kuss auf die Wange.

»Ich pass‘ schon auf mich auf, Irene, versprochen. Aber ich kann einfach nicht anders. Ich muss herausfinden, was hinter diesen seltsamen Stimmen steckt, und zwar so schnell wie möglich. Mein Bauch sagt mir nämlich, dass es sonst in der nächsten Zeit zu weiteren schrecklichen Verbrechen kommen könnte. Ich würde mir nie verzeihen, wenn noch mehr Menschen sterben oder verletzt werden würden, nur weil ich mir um meinen Schönheitsschlaf Sorgen gemacht habe. Kannst du damit leben, Schatz?«

Irene lächelte milde.

»Ich lebe seit über dreißig Jahren damit. Außerdem ist bei dir, was den Schönheitsschlaf angeht, ohnehin längst Hopfen und Malz verloren. Also geh‘ schon! Marsch! Verhör‘ deine Verbrecher!«

»Nicht so frech, junge Dame! Ach ja, es könnte ...«

Irene kam ihrem Gatten zuvor: »Spät werden, ich weiß.«

10

Chefinspektor Meierhofer und Gruppeninspektor Staudinger saßen Paul Simmlinger gegenüber. Meierhofer, der einen Pappbecher voll Kaffee in den Händen hielt, hatte beschlossen, es sanft und freundlich anzugehen.

Er nahm einen Schluck Kaffee, wenn man das Automatengesöff überhaupt so nennen konnte, und fragte dann trocken: »Wie geht es Ihnen denn, Herr Simmlinger?«

Der mutmaßliche Fünffachmörder schien heute nicht sehr kooperativ zu sein.

»Wie soll's mir schon gehen? Schlafen würde ich gern, um diese Zeit, aber ihr Bullen habt ja anscheinend am Sonntagabend nichts Besseres zu tun, als Leute zu belästigen.«

Staudinger, der die Rolle des Bad Cops übernehmen sollte, biss drauflos: »Jetzt passen Sie einmal auf, mein Lieber! Sie sind hier nicht auf Kur, sondern sitzen in U-Haft! Selbst wenn mein Kollege und ich um drei Uhr früh die Lust verspüren sollten, Sie zu verhören, hätten Sie Ihren Arsch freudig hierher zu bewegen!«

Meierhofer staunte. So etwas hätte er Stefano Staudinger gar nicht zugetraut. Er spielte die Rolle des Bad Cops überraschend authentisch. Nun war es an Chefinspektor Meierhofer, für Deeskalation zu sorgen.

»Na, na, Herr Kollege. Herr Simmlinger hat es sicher nicht so gemeint, nicht wahr, Herr Simmlinger? Also, was ist denn mit diesen Stimmen? Hören Sie sie noch?«

Paul Simmlinger versuchte, einen ehrlich erstaunten Gesichtsausdruck aufzusetzen. Meierhofer erkannte sofort, dass er ihnen etwas vorspielte.

»Stimmen? Ich weiß nicht, wovon Sie sprechen, Herr Inspektor«, erwiderte der Verdächtige übertrieben überrascht.

Gruppeninspektor Staudinger war nun wirklich wütend.

»Wollen Sie uns verarschen, Herr Simmlinger?! Ich werde Ihnen sagen, wovon Chefinspektor Meierhofer spricht: Von den Stimmen, die Sie angeblich dazu gedrängt haben, fünf wehrlose Menschen eiskalt umzulegen! Davon spricht er!«

Für einen kurzen Moment zuckte Simmlinger zusammen. Doch er fing sich rasch wieder.

»Also, ich höre keine Stimmen. Außer die Ihren, und darauf könnte ich ehrlich gesagt auch gut verzichten.«

Meierhofer trank einen weiteren Schluck Kaffee. In seinem Kopf überschlugen sich förmlich die Gedanken. Was bezweckte dieser Simmlinger damit? Wieso leugnete er jetzt plötzlich, Stimmen gehört zu haben? Damit nahm er sich immerhin die Möglichkeit, als während der Tat unzurechnungsfähig zu gelten.

Der Chefinspektor betrachtete den Verdächtigen genau. Er war groß, schlank, hatte blonde, kurze Haare, hellblaue Augen – eigentlich ein Bubigesicht. Er sah aus, als ob er kein Wässerchen trüben konnte. Simmlinger entsprach weder dem Bild, das man vom typischen österreichischen Jäger hatte, noch dem Bild, das man von einem brutalen, kaltblütigen Mörder hatte.

Aber in all den Jahren, die Meierhofer nun als Kriminalbeamter arbeitete, hatte er so viele Verbrecher kennen gelernt, die allem entsprochen hatten, nur nicht dem Bild eines Mörders, Einbrechers, Vergewaltigers oder Betrügers. Der äußere Schein trog nur allzu oft.

Meierhofer räusperte sich, dann sagte er, so ruhig er konnte: »Herr Simmlinger. Sie haben gleich nach der Tat behauptet, dass Sie Stimmen dazu gedrängt hätten, die Camper auszulöschen. Sie haben ein volles Geständnis abgelegt. Erzählen Sie uns keine Märchen! Sie haben diese Stimmen gehört!«

Simmlinger schüttelte den Kopf. Grinsend meinte er: »Ich habe keine Ahnung, was Sie meinen, Herr Inspektor. Ich höre keine

Stimmen und habe auch noch nie welche gehört. Und wenn ich ein Geständnis abgelegt habe, dann nur, weil Ihr Kollege und Sie mich dazu gezwungen haben.«

Staudinger explodierte.

Er sprang auf und schrie: »Sie sind doch verrückt! Kein Mensch hat Sie zu irgendetwas gezwungen! Sie haben aus freien Stücken gestanden! Kommen Sie uns also nicht so!«

Meierhofer runzelte die Stirn und fuhr sich durch den Bart. Simmlinger hatte mit Sicherheit vor, vor Gericht sein Geständnis zu widerrufen. So etwas passierte leider immer wieder. Am Anfang gestanden sie ihre Verbrechen und dann, nach dem ersten Kontakt mit dem Rechtsanwalt oder, nachdem sie einfach Zeit zum Überlegen gehabt hatten, widerriefen sie es wieder. Das war zwar lästig, aber leider auch nicht überraschend. Ein ironisches Lächeln huschte über Meierhofers Gesicht.

Zynisch raunte er: »Herr Simmlinger, Sie werden doch nicht beabsichtigen, Ihr Geständnis zu widerrufen? Man hat Sie mit der Waffe in der Hand an Ihrem Küchenfenster sitzend vorgefunden. Wem wollen Sie denn die Tat in die Schuhe schieben? Stimmen hin oder her. Sie waren es, das ist doch offensichtlich.«

Simmlingers Miene versteinerte sich. Er machte nun komplett zu. Meierhofer wusste, was das zu bedeuten hatte. Jetzt würde der Satz kommen, den er schon so oft gehört hatte. Und tatsächlich.

»Ich sage gar nichts mehr. Ohne meinen Anwalt sage ich gar nichts mehr«, murmelte der Verdächtige leise.

Meierhofer blickte zu Staudinger, der sich wieder hingesetzt hatte. Der nickte kurz. Hier gab es nichts mehr für sie zu holen. Bis auf eines vielleicht.

Während er aufstand, fragte Chefinspektor Meierhofer beiläufig: »Eines noch, Herr Simmlinger. Kennen Sie eigentlich einen Helmut Hüberl oder einen Mario Dornmann?«

Der attraktive, junge Mann blickte zu Boden und fuhr sich nervös mit den Händen über die Knie. »Nein. Ich habe beide Namen noch nie gehört«, antwortete er dann betont locker.

Meierhofer zerdrückte den leeren Pappbecher in seinen Händen. Dieser Fall wurde immer interessanter.

»Aber, aber, Herr Simmlinger. Zumindest Helmut Hüberl sollte Ihnen ein Begriff sein. Immerhin haben Sie die Homepage seiner Gärtnerei gestaltet. Oder haben Sie ihn eher als DJ TUMLEH in Ihrem Gehirn abgespeichert? Sie wissen schon, er legt auf Clubbings und so auf. Gehen Sie gerne zu Clubbings? Vielleicht konsumieren Sie dort ja auch ab und zu illegale Drogen. Erfahrungen damit haben Sie ja anscheinend, wenn wir Ihrem Nachbarn Glauben schenken dürfen.«

Paul Simmlingers Gesichtsausdruck hatte sich mittlerweile dramatisch verändert, von Lockerheit war nichts mehr zu erkennen. Er hatte zugemacht – komplett zugemacht.

»Ohne meinen Anwalt sage ich kein Sterbenswörtchen mehr«, raunte er giftig.

Meierhofer nickte stumm. Das war zu erwarten gewesen. Der Chefinspektor machte sich auf, den Raum zu verlassen und gab Staudinger ein Zeichen, dasselbe zu tun.

Der Gruppeninspektor wirkte frustriert und wütend. Er war so verärgert, dass er den Verdächtigen einfach provozieren musste: »Ach übrigens, Herr Simmlinger. Anna Goldschmied ist ja wirklich eine Bombe. Respekt. Schade nur, dass sie nichts mehr mit Ihnen zu tun haben will.«

Simmlinger sprang auf und funkelte Staudinger wütend an. Doch dann schien er es sich anders zu überlegen. Die Vernunft nahm überhand. Wortlos setzte er sich wieder hin.

»*Schau an, unser Bubigesicht hat tatsächlich eine aggressive Seite*«, dachte Meierhofer, als er grußlos den Raum verließ.

*

»Was meinen Sie, Chefinspektor Meierhofer. Warum leugnet er jetzt alles? Glauben Sie, dass da sein Anwalt dahintersteckt?«

Gruppeninspektor Staudinger wirkte immer noch aufgewühlt.

Er war eben ein Jungspund, voller Energie und Idealismus.

Meierhofer dachte daran zurück, wie er in diesem Alter gewesen war. Genauso energetisch und idealistisch wie der junge Halbitaliener. Er hatte sich genau wie dieser in jeden Fall hineingesteigert. Nur für die Lösung des Falles gelebt. Jedes Problem, jeden Widerstand, jede Finte persönlich genommen. Aber mit dem Alter war auch eine gewisse Gelassenheit gekommen. Er nahm seinen Job immer noch ernst. Es ließ ihn immer noch nicht kalt, wenn etwas Grauenhaftes passierte. Er war immer noch zu hundert Prozent bei der Sache. Aber eben nur noch zu hundert Prozent, nicht mehr zu hundertfünfzig oder zweihundert Prozent, wie Staudinger dies war. Meierhofer zuckte mit den Schultern.

»Schon möglich. Mich wundert allerdings, dass er freiwillig auf das Argument der Unzurechnungsfähigkeit verzichtet. Nur allzu oft habe ich Verdächtige erlebt, die sich darauf ausreden wollten, die eine Unzurechnungsfähigkeit zum Tatzeitpunkt erfunden und theatralisch vor-, nach- und durchgespielt haben, nur um so während einer Verhandlung bessere Karten zu haben. Diese Stimmen wären doch die perfekte Ausrede gewesen.«

Staudinger nickte.

»Sie meinen, so nach dem Motto: Verurteilen Sie mich nicht. Ich kann ja nichts dafür, dass ich fünf Menschen abgeknallt habe. Ich war zum Tatzeitpunkt unzurechnungsfähig.«

Der Chefinspektor schmunzelte.

»Genau. So in die Richtung. Warum jetzt also dieser Schachzug? Und warum leugnet er, Hüberl zu kennen? Außerdem frage ich mich, ob er Dornmann nicht auch kennt? Da muss doch eine Verbindung sein! Was haben diese drei Typen miteinander zu tun? Von der Simmlinger- und Hüberl-Connection mal abgesehen. Ob Mario Dornmann auch bei diesen Clubbings war? Vielleicht hat er ebenfalls eine Drogenvergangenheit? Wobei wir ja eigentlich noch gar nicht wissen, ob Helmut Hüberl einen Hang zu illegalen Drogen hat.«

Meierhofer blieb abrupt stehen.

»Was ist …?«, fing Staudinger an. Als ihm bewusst wurde, warum der Chefinspektor gestoppt hatte, machte sich ein Grinsen auf seinem Gesicht breit.

»Lassen Sie mich raten, Herr Chefinspektor. Sie brauchen noch einen Kaffee. Mit extra viel Milch. Sie sind süchtig, Chef.«

Meierhofer zuckte mit den Schultern und ließ eine Zwei-Euro-Münze im Geldschlitz des Kaffeeautomaten verschwinden.

Während er zusah, wie das braune Gebräu in den Pappbecher floss, murmelte er: »Erstens ist das Zeug da sowieso kein echter Kaffee, zweitens verbitte ich mir jegliche Form der Belehrung und Maßregelung, dafür ist nämlich schon meine Frau zuständig, und drittens gibt es schlimmere Süchte als die nach Koffein.«

Staudinger grinste immer noch.

»Stimmt, ich bin süchtig nach Pizza und Schnitzel. Aber was will man von einem Austro-Italiener auch anderes erwarten?«, erwiderte er.

Chefinspektor Meierhofer lächelte. Dann griff er nach dem vollen Pappbecher und nahm einen Schluck, bevor er fragte: »Sollen wir uns einen weiteren Verdächtigen vorknöpfen, oder reicht es für heute, Herr Kollege Staudinger?«

Der Ehrgeiz blitzte in Staudingers Augen auf. Da war er wieder, dieser Idealismus, den ein wirklich guter Kriminalbeamter wohl auch brauchte.

»Von mir aus können wir bis zum Morgengrauen Verdächtige vernehmen. Ich komme dank meiner Jugendlichkeit mit wenig Schlaf aus, und Sie können bei dem Kaffeekonsum heute sowieso nicht mehr schlafen. Also, worauf warten wir noch? Statten wir dem Grillmeister einen Besuch ab.«

Meierhofer schüttelte schmunzelnd den Kopf. Staudingers schwarzer Humor hatte etwas Erfrischendes. Der neue Kollege wuchs ihm immer mehr ans Herz. Grillmeister. Diese Bezeichnung hatte sich Helmut Hüberl redlich verdient.

11

Helmut Hüberl war ein Bär von einem Mann. Der große, muskulöse Achtunddreißigjährige hatte lange, braune Haare, die er zu einem Rossschwanz gebunden trug, und einen ungepflegten Dreitagebart. Wären nicht seine sanften, grünen Augen gewesen, hätte man ihn sofort mühelos ins typischer Schwerverbrecher-Eck drängen können. Doch seine Augen, in denen momentan Tränen standen, zerstörten dieses Bild. Der Hüne wirkte wie ein Häufchen Elend.

Ganz anders als an jenem Abend, an dem er seine junge, attraktive, aber untreue Ehefrau abgefackelt hatte. Meierhofer dachte an das teuflische Grinsen in Hüberls Gesicht, das ihn damals so abgestoßen hatte. Davon war heute nichts zu sehen. Der stattliche Gärtner schien am Boden zerstört zu sein. Anscheinend war ihm mittlerweile bewusst geworden, was er getan hatte.

Chefinspektor Meierhofer begann einfühlsam: »Guten Abend, Herr Hüberl. Wie geht es Ihnen denn heute? Quälen Sie die Stimmen? Oder sind Sie sie mittlerweile losgeworden?«

»So, wie Ihre Ehefrau«, ergänzte Staudinger bitter.

Der Gärtner zuckte kurz zusammen. Er überlegte einen Moment. Dann blickte er Meierhofer flüchtig ins Gesicht, bevor er mit seinen Augen die Tischplatte fixierte.

Bei weitem weniger überzeugend als Simmlinger, erwiderte er schließlich: »Stimmen? Welche Stimmen meinen Sie denn? Und was soll die Frage danach, wie es mir geht? Natürlich nicht gut. Immerhin hat man mir meine Frau genommen.«

Staudinger sah Meierhofer erstaunt an. Dass Hüberl das Stimmenhören ebenfalls leugnen würde, damit hatte der Gruppeninspektor nicht gerechnet. Meierhofer war nicht wirklich überrascht. Trotzdem tat er ebenfalls erstaunt.

»Herr Hüberl. Was soll das? Sie haben sich selbst Ihre Frau genommen. Außerdem wissen Sie genau, welche Stimmen ich meine.«

Hüberl schüttelte den Kopf.

»Ich habe keine Ahnung, wovon Sie sprechen.«

Gruppeninspektor Staudinger, der den Bad Cop mittlerweile nicht mehr spielen musste, weil er tatsächlich stinksauer war, biss drauflos: »Verarschen können Sie jemand anderen, Hüberl! Natürlich wissen Sie, wovon er spricht! Von den Stimmen, die Sie angeblich dazu gebracht haben, Ihre Frau zu grillen. Sie abzufackeln. Sie kaltblütig in Brikett zu verwandeln. Davon spricht er. Sie haben ein Geständnis abgelegt, Hüberl. Und Sie haben uns von diesen Stimmen erzählt. Also lassen Sie das Theater! Wir kaufen es Ihnen sowieso nicht ab!«

Meierhofer beobachtete den Verdächtigen genau. Staudingers Worte hatten ins Schwarze getroffen. Der Gärtner fühlte sich äußerst unwohl in seiner Haut. Er hatte weit mehr Probleme mit dem Lügen als Simmlinger sie vorhin gehabt hatte. Trotzdem stritt er weiter alles ab: »Ich weiß nicht, wovon Sie reden, Herr Inspektor.«

Nun übernahm der Chefinspektor wieder: »Dann lassen Sie mich doch etwas anderes ansprechen, Herr Hüberl, oder soll ich Sie lieber DJ TUMLEH nennen? Sie sind doch DJ TUMLEH, nicht wahr?«

Helmut Hüberls Augen blitzten kurz auf. Er nickte eifrig, wobei er ein wenig stolz schien.

»Stimmt, DJ TUMLEH ist mein Künstlername. Ich lege schon seit einiger Zeit auf, meistens bei Clubbings rund um Krems, aber in Wien war ich auch schon einmal. Sogar dort habe ich meine Fans.«

Gruppeninspektor Staudinger gab Meierhofer ein Zeichen. Er war wieder an der Reihe.

»Ich finde Clubbings auch super. Es gibt nichts Besseres nach einer harten Arbeitswoche. So ein Clubbing ist genau das Richtige zum Chillen und Abtanzen. Nur die Sache mit den Drogen, die finde ich nicht so prickelnd. Konsumieren Sie manchmal illegale Drogen, wenn Sie auflegen, Herr Hüberl?«

Helmut Hüberl, alias DJ TUMLEH, legte die Stirn in Falten.

»Ich und Drogen? Wo denken Sie hin? Da könnte ich meine DJ-Karriere gleich an den Nagel hängen. Ich kann es mir gar nicht leisten, während eines Clubbings high zu sein. Immerhin muss ich genau wissen, was ich wann mache.«

Meierhofer wusste nicht, warum, aber er hatte das Gefühl, dass Hüberl die Wahrheit sagte.

»Und wie sieht es nach den Clubbings aus? Werfen Sie dann etwas ein? Zur Entspannung?«, setzte er nach.

Der Gärtner zuckte mit den Schultern.

Kleinlaut meinte er: »Mittlerweile nicht mehr. Früher habe ich schon mal Ecstasy genommen. Gras habe ich auch schon geraucht, aber meine Frau hielt nichts von Drogen – von illegalen zumindest – gesoffen hat sie ja selbst genug. Ich musste ihr versprechen, damit aufzuhören, sonst hätte sie mich nicht geheiratet. Und an Versprechen, die ich einmal gegeben habe, halte ich mich auch.«

»Dann haben Sie sicher auch nichts dagegen, dass Ihnen unsere Kollegen morgen eine Strähne Ihres beeindruckenden Haupthaares abschneiden. Zur Haaranalyse natürlich«, erwiderte Chefinspektor Meierhofer.

»Tun Sie, was Sie nicht lassen können«, antwortete Hüberl wie aus der Pistole geschossen, »ich bin seit Jahren clean.«

Meierhofer dachte darüber nach, wie zynisch das Leben manchmal war. Helmut Hüberl hatte den Konsum illegaler Drogen aufgegeben, damit ihn seine Angebetete heiratete, nur, um sie später abzufackeln, als wäre sie eine Strohpuppe, die man im Rahmen eines Sonnwendfeuers in Flammen aufgehen ließ. Wenn er die Wahrheit erzählte, aber zu Meierhofers Leidwesen schien er das zu tun, war ihre *die Stimmen wurden durch illegale Drogen oder dem*

Entzug dieser ausgelöst-Theorie dahin.

Chefinspektor Meierhofer beobachtete Staudingers Reaktion auf Hüberls letzte Aussagen, auch der Gruppeninspektor schien enttäuscht zu sein.

Obwohl sich ihre Theorie in Luft aufgelöst zu haben schien, stellte Meierhofer noch eine Frage: »Herr Hüberl, kennen Sie einen Paul Simmlinger oder einen Mario Dornmann?«

Dem mutmaßlichen Mörder war deutlich anzusehen, dass er log, als er stammelte: »N.. nei ... nein, kenne ich nicht. Ich habe diese Namen noch nie gehört. Außerdem sage ich jetzt gar nichts mehr. Ohne meinen Anwalt sage ich kein einziges Wort mehr.«

Meierhofer stand auf und verließ den Raum, ohne sich zu verabschieden. Er hatte genug von dieser Schmierenkomödie. Staudinger folgte ihm, dieses Mal ebenfalls wortlos. Hier konnten sie nichts holen. Hier würden sie nicht herausfinden, was hinter alldem steckte.

Was, verdammt nochmal, steckte nur hinter alldem? Welches Puzzleteil fehlte ihnen? Wie konnte das alles auch nur annähernd einen Sinn ergeben?

*

Meierhofer stand vor dem Kaffeeautomaten und überlegte, ob er noch einen Kaffee trinken durfte. Eigentlich hatte er heute schon genug von dem Zeug gehabt, aber wenn er die Nacht durcharbeiten wollte, würde er Koffein brauchen. Am besten intravenös.

»Denk' daran, was deinem Vater passiert ist!«, hallte Irenes Stimme durch seinen Kopf. Meierhofer fiel ein, dass Irene, die nur sehr selten Kaffee trank, diesen Automatenkaffee liebte. Aus irgendeinem Grund fand sie ihn besser als selbstgekochten Kaffee. Trotzdem würde sie es nicht gutheißen, wenn er sich noch einen Becher davon genehmigte.

Der Chefinspektor tat etwas für ihn eigentlich Unvorstellbares: Er drückte auf den *Heiße Schokolade*-Knopf und murmelte: »Wissen Sie was, Herr Kollege Staudinger. Sie fahren jetzt nachhause und genehmigen sich mit Ihrem Freund eine Pizza oder ein Schnitzel. Ich kümmere mich ein wenig um meine derzeit stark vernachlässigte Ehefrau, und morgen früh gehen wir die Sache mit neuem Elan an. Heute führt das eh zu nichts mehr.«

Staudinger, der ungläubig auf die Heiße Schokolade starrte, die aus dem Automaten floss, war einen Moment unschlüssig, meinte dann aber: »Das ist wahrscheinlich gar keine so schlechte Idee, Herr Chefinspektor. Ich hätte zwar große Lust, mir unseren dritten Verdächtigen, diesen Dornmann vorzuknöpfen, aber wahrscheinlich würde der uns sowieso nichts Neues erzählen.«

Meierhofer schüttelte den Kopf.

»Mit Sicherheit nicht, Kollege Staudinger. Ich würde meinen Kopf darauf verwetten, dass dieser Dornmann die gleiche Wandlung durchgemacht hat wie die anderen beiden. Er kann sich sicher nicht mehr daran erinnern, den Studenten attackiert zu haben, und Stimmen hat er auch noch nie in seinem Leben gehört.«

Meierhofer nahm einen Schluck von seiner Heißen Schokolade und verzog angewidert das Gesicht.

Staudinger lachte kurz auf.

»Lassen Sie mich raten! Zu wenig Koffein. Heiße Schokolade statt Kaffee – das ist in etwa so, als würden Sie mir Tofu statt einem Schnitzel servieren. Ersatzdrogen können eben nie mit dem Original mithalten, darüber könnte uns der Simmlinger sicher auch einiges erzählen. Ach ja, das hätte ich beinahe vergessen, es gibt übrigens Neuigkeiten aus dem Spital. Der niedergestochene Student, dieser Manuel Unterleitner, ist endgültig über dem Berg. Mario Dornmann hat sich also im Gegensatz zu den anderen beiden nicht zum Mörder gemacht.«

Meierhofer schmiss den Pappbecher samt seinem flüssigen Inhalt in einen Mistkübel, wobei er abermals das Gesicht verzog.

Dann erwiderte er nüchtern: »Also haben wir es *nur* mit sechs Toten zu tun. Toll.«

12

Als Meierhofer das Haus betrat, war er müde. Müde und frustriert. Warum kamen sie in diesen Fällen nun wieder so überhaupt nicht vom Fleck? Die einzige Spur, die sie gehabt hatten, schien sich in Luft aufzulösen. Was hatten sie bis jetzt übersehen? Er musste morgen unbedingt nach Verbindungen zwischen ihren Verdächtigen suchen. Es musste etwas geben, das sie miteinander verband, von Hüberls und Simmlingers Website-Connection abgesehen. Die Verbindung zwischen allen dreien – das war das Puzzleteil, das er benötigte. Dieses eine Puzzleteil würde sie sicher einen großen Schritt nach vorne bringen. Er würde sich also morgen auf die Suche nach diesem Teil konzentrieren. Er musste herausfinden, was Paul Simmlinger, Helmut Hüberl und Mario Dornmann miteinander verband.

Langsam schlurfte Meierhofer in die Küche. Er fühlte sich wieder einmal wie ein Greis. Seine alten Knochen taten ihm weh. Jeder Muskel seines Körpers schmerzte. Sein Körper verlangte nach einer Runde Schlaf. Nach seinem weichen Bett – Meierhofers Magen knurrte in einer beachtlichen Lautstärke – und nach Essen. Der Fünfundfünfzigjährige ging auf den großen Kühlschrank zu. Dieses moderne Ding hatten Irene und er sich erst vor einem Jahr gekauft. Es war ein Traum. Ein riesiger Kühlschrank mit Gefrierfach darüber und einem geräumigen, ausziehbaren Kellerfach darunter. Um den beneidete sie sogar Marianne, die sonst immer meckerte, dass ihr Häuschen einrichtungstechnisch nicht mehr auf dem letzten Stand war. Meierhofer öffnete die Tür dieses Wunderdings und wühlte darin nach allem, wonach ihm der Sinn stand.

Eine Viertelstunde später hatte er zwei gewaltige belegte Brote verdrückt und ein alkoholfreies Bier getrunken. Die Kaffeemaschine lachte ihn an.

»Nein, heute Nacht wird nicht mehr gearbeitet, sondern tief und fest geschlafen. Du brauchst also keinen Kaffee, alter Knabe«, murmelte Hans Meierhofer, bevor er das Jausenbrett und das scharfe Messer, das er benutzt hatte, in den Geschirrspüler räumte.

»Heute Nacht wird nur geschlafen.«

Wunschdenken.

*

Sie sieht in den Spiegel. Schlecht wird ihr bei dem Anblick.

Falten. Nichts als Falten. Du bist alt geworden, meine Liebe.

Da sind sie wieder, diese Stimmen. Die Stimmen, die sie seit einiger Zeit immer wieder hört. Vor allem, wenn sie in den Spiegel blickt.

Alt. Alt und fett. Schau dir nur deinen Arsch an. Der hat auch schon bessere Zeiten gesehen. Und erst dein Bauch! Seit du Kinder hast, geht es bergab.

Sie wird noch wahnsinnig. Diese Stimmen sind die Hölle! Aber sie haben ja recht. Alles, was sie sagen, stimmt. Sie ist wirklich alt und hässlich geworden. Kein Wunder. Immerhin wird sie bald vierzig. Wo sind nur die Jahre hingekommen? Gerade ist sie noch ein Teenager gewesen, und nun naht der Vierziger. Eigentlich steht sie schon mit einem Fuß im Grab.

Da gehörst du auch hin. Schau dich doch nur an! Eine Schande ist das. Was ist nur aus dir geworden? Vielleicht solltest du es beenden. Dann ist es endlich vorbei. Endlich vorbei.

Sie schmunzelt kurz.

Der Gedanke ist verlockend. Der Gedanke daran, dass es vorbei ist. Keine Sorgen und Ängste mehr. Kein ständiger Kampf ums Überleben, darum, die Kinder wiederzubekommen, beruflich halbwegs erfolgreich zu sein und dabei auch noch gut auszusehen.

Geh doch auf den Balkon! Dort draußen ist es jetzt angenehm kühl. Außerdem kannst du nach unten springen. Ein Sprung, und es ist vorbei. Dann hast du es hinter dir. Hier will dich eh keiner. Oder warum hätte er sich sonst scheiden lassen?

Sie ist den Tränen nahe. Wut steigt in ihr auf. Wut auf ihn, aber vor allem auch Wut auf sich selbst. Wieso hat sie zugelassen, dass es so weit kommen konnte? Warum hat sie ihn gehen lassen? Warum hat sie nicht um ihre Ehe gekämpft? Nach all den Jahren hat sie einfach aufgegeben. Sie geht auf die Balkontür zu.

Aufgeben. Gib es auf! Es bringt doch ohnehin nichts. Dein sinnloses, tristes Leben. Spring! Spring, und du bist frei!

Nun steht sie auf dem Balkon und sieht nach unten. Wie viele Meter werden es sein? Acht, vielleicht auch mehr? Sie hat keine Ahnung. In Mathematik und Physik und alldem ist sie nie besonders gut gewesen.

Du bist in vielen Dingen nicht besonders gut, meine Liebe. Du bist ja nicht einmal eine gute Mutter. Oder warum hat er das Sorgerecht bekommen?

Gute Frage. Warum nur? Das versteht sie bis heute nicht. Vielleicht, weil sich alle gegen sie verschworen haben? Weil sie Lügengeschichten über sie erzählt haben? Weil sie behauptet haben, dass sie psychische Probleme hat? Dass sie depressiv ist. Depressiv und eine Gefahr für ihre Kinder. Dabei stimmt das doch überhaupt nicht. Sie ist noch nie depressiv gewesen. Natürlich hat sie ab und zu ihre Tiefs, aber wer hat die nicht? Ihr Mann hat einfach alle manipuliert. Er und seine Familie haben ihr keine Chance gelassen. Sie haben sie fertiggemacht. Mit ihren feigen Lügen.

Alt, hässlich, kinderlos. Gib es auf! Gib dich auf! Bring es hinter dich! Spring! Spring, und es ist vorbei. Dann hast du deine Ruhe. Deine ewige Ruhe. Ruhe und Frieden.

Sie steigt auf einen Sessel, dessen Lehne das Balkongeländer berührt. Sie sieht nach unten. Sie fühlt nichts. Keine Angst. Nur das unbändige Bedürfnis, endlich frei zu sein. Endlich ihre Ruhe zu haben. Von all dem, das sie belastet. Und von den Stimmen, die sie quälen.

Na, worauf wartest du? Mach es endlich! Ein Schritt. Nur noch einen Schritt, und du bist all deine Sorgen los.

Ein Schritt. Sie wagt ihn. Sie steigt auf das relativ breite Balkongeländer. Noch kann sie das Gleichgewicht halten. Sie fühlt sich leicht. Überraschend leicht.

Gleich hast du es hinter dir. Spring, und du wirst dich noch leichter fühlen. Du wirst fliegen wie eine Feder. Leicht wie eine Feder.

Sie lächelt. Leicht wie eine Feder wollte sie schon immer einmal sein. Federleicht sein. Fliegen. Schweben. Frei sein. Sie lacht kurz auf und breitet die Arme aus. Wie Kate Winslet im Film »Titanic«. Frei sein. Fliegen. Schweben. Dann springt sie.

*

Nach einem heißen Bad konnte es Meierhofer gar nicht mehr erwarten, sich endlich ins Bett fallen zu lassen. Er war hundemüde.

»Ab ins Bett, alter Mann!«, flüsterte er, während er die dünne Sommer-Tuchent zurückschlug.

Der Kriminalbeamte wollte gerade seinen Hintern auf der Matratze platzieren, als sein Handy schrillte. Für einen Moment überlegte Meierhofer, einfach nicht ranzugehen. Sich tot zu stellen. Dann griff er seufzend nach dem lästigen Ding, nicht ohne sich kurz in die 80er Jahre des letzten Jahrhunderts zurück zu wünschen. In diese traumhafte, handylose Zeit, in der man nicht rund um die Uhr erreichbar gewesen war.

*

»Na, Sie sehen aus, als könnten Sie einen Kaffee gebrauchen, Herr Chefinspektor.« Gruppeninspektor Staudinger schmunzelte. Meierhofer brachte kein Lächeln zustande. Er war immer noch todmüde und ziemlich sauer, dass ihm seine wohlverdiente Nachtruhe schon wieder zunichte gemacht wurde.

»Nicht böse sein, Herr Kollege. Mir ist gerade nicht nach Scherzen zumute. Einen Kaffee könnte ich allerdings wirklich vertragen. Aber vielleicht macht mich ja der Anblick der Leiche wieder munterer. Wo liegt sie denn?«

Staudinger ging rund um das große Wohnhaus, vor dem ein Einsatzwagen parkte, der Chefinspektor folgte ihm. Als sie sich dem Innenhof des Wohnblocks näherten, sah er schon von weitem den leblosen Körper, der auf dem Asphalt lag. Nur wenige Meter von einer großen Sandkiste entfernt. Es war eine Frau. Eine ziemlich attraktive Frau, wohl zwischen dreißig und vierzig Jahre alt, die außer einem dünnen, kurzen, lachsfarbenen Nachthemd nichts trug. Rund um ihr hübsches Gesicht und die mittellangen, rot gefärbten Haare hatte sich eine unappetitliche Blutlache ausgebreitet, und ihr rechter Arm stand in einem unnatürlichen Winkel vom Körper ab.

Staudinger erklärte ungefragt: »Sieht nach Selbstmord aus. Oder es war ein Unfall, was ich aber für weniger wahrscheinlich halte. Die Verunglückte heißt Magdalena Bergherr. Ihre Wohnung liegt im dritten Stock. Sie ist vom Balkon gesprungen. Neun Meter tief ist sie gefallen. Der Hausmeister, ein Herr Wultinger, hat sie gefunden. Anscheinend lebt sie zurzeit allein, weil ihr Ex-Mann nach der Scheidung die Kinder bekommen hat. Das hat mir dieser Wultinger erzählt, außerdem meinte er auch, dass Magdalena Bergherr an Depressionen gelitten hat.«

Meierhofer ging in die Hocke, um sich die Leiche genauer ansehen zu können. »Können wir Fremdverschulden ausschließen?«, fragte er schließlich.

Staudinger zuckte mit den Schultern.

»Die Spurensicherung ist noch am Werk, aber momentan sieht es nicht danach aus, als hätte da irgendjemand seine Hände im Spiel gehabt.«

Der Chefinspektor zeigte auf den Nacken des Opfers und sagte nüchtern: »Sie hat sich das Genick gebrochen. Na wenigstens ist es schnell gegangen. Passt ja eigentlich perfekt. Depressionen, Scheidung, Kinder weggenommen, Suizid. Mit mysteriösen Stimmen haben wir es dieses Mal also hoffentlich nicht zu tun.«

Stefano Staudinger zögerte einen Moment, dann meinte er skeptisch: »Stimmt schon, aber eines ist seltsam. Raten Sie mal, wie alt Magdalena Bergherr letzten Monat geworden ist.«

Meierhofer legte die Stirn in Falten.

»Also, ich hätte die Frau hier auf Mitte dreißig geschätzt, aber wenn Sie so fragen, gehe ich davon aus, dass sie Baujahr 1971 ist.«

Staudinger nickte stumm. Meierhofer richtete sich wieder auf, wobei er sich über den Vollbart strich.

»Das ist sicher nur ein dummer Zufall. Selbst wenn Frau Bergherr auch Stimmen gehört hätte, passt das doch überhaupt nicht ins Bild. Immerhin ist sie selbst das Opfer.«

Staudinger zuckte erneut mit den Schultern und murmelte dann: »Schon, aber sie ist auch als Einzige eine Frau. Was, wenn sie die durch die Stimmen anscheinend erzeugten Aggressionen gegen sich selbst gerichtet hat, während unsere männlichen Stimmenhörer, also Simmlinger und Co, sie an anderen ausgelassen haben?« Meierhofer schüttelte den Kopf.

»Ich weiß nicht, Kollege Staudinger. Ich denke, wir sollten da nicht zu viel hinein interpretieren. Wir haben es hier wahrscheinlich mit dem Selbstmord einer depressiven Frau zu tun, die zufälligerweise neununddreißig Jahre alt ist. Aber warten wir einmal ab, was die Spurensicherung noch herausfindet. Vielleicht wurde sie ja doch geschubst.«

Nun schüttelte Staudinger vehement den Kopf. Es war ihm anzusehen, dass er nicht der gleichen Meinung war wie Meierhofer.

Trotzdem erwiderte er: »Ja genau, warten wir ab, was die Spurensicherung herausfindet. Der Ex-Mann von Frau Bergherr wurde übrigens schon verständigt. Er war nicht besonders schockiert, als er vom Tod der Mutter seiner Kinder erfahren hat. Ich glaube, er ist ganz froh, dass sie nun endgültig aus seinem Leben verschwunden ist. Sonst hatte die Tote keine Familie mehr. Keine Eltern, keine Geschwister und laut dem Hausmeister auch keinen neuen Freund. Wahrscheinlich hatte sie wirklich allen Grund, depressiv zu sein.«

Chefinspektor Meierhofer nickte stumm. Er wollte immer noch nur nachhause in sein Bett. Das hier war kein Stimmen-Fall, deshalb interessierte es ihn momentan auch nicht besonders. Natürlich war jeder Tod schlimm, aber mit Suizidfällen war er während seiner Dienstzeit schon öfters konfrontiert worden. Die waren sogar in der Postkartenidylle der Wachau keine Seltenheit. Erst vor kurzem hatten sie ein Auto aus der Donau gezogen, in dem eine verweste Leiche gelegen hatte. Ein seit vielen Monaten Abgängiger, der seinem Leben wohl ein Ende hatte machen wollen. Vor allem in den Herbst- und Wintermonaten verspürten immer wieder Menschen das Bedürfnis, ihr Dasein, mit dem sie anscheinend nicht mehr zurechtkamen, zu beenden. Natürlich ging man jedes Mal sicher, dass kein Fremdverschulden dahintersteckte, aber das war meist auch nicht der Fall. Nach all den Dienstjahren erkannte er einen Selbstmord.

Die arme, junge Frau hier war wahrscheinlich ebenfalls einfach nicht mehr mit ihrem Leben zurechtgekommen. Die in diesem Alter heutzutage beinahe schon übliche Midlife-Crisis, dazu noch die Scheidung und der sicherlich erniedrigende Verlust der Erziehungsberechtigung für die beiden Kinder. Wenn sie diesem Wultinger glauben konnten, hatte Magdalena Bergherr offensichtlich genügend Gründe gehabt, um mit ihrem Leben abzuschließen. Das hier war garantiert ein Selbstmord gewesen. Und er wollte endlich ins Bett.

13

Als Meierhofer am nächsten Morgen ins Büro kam, war er immer noch nicht motivierter. Obwohl er noch einige Stunden erstaunlich tief geschlafen hatte, fühlte er sich nicht frisch genug für einen Arbeitstag. Aber was blieb ihm denn anderes übrig? Immerhin hatten sie eine harte Nuss zu knacken. Meierhofers erster Weg war der zur Kaffeemaschine. Dort begrüßte ihn ein, wie immer, jugendlich, fesch und munter wirkender Gruppeninspektor Staudinger, heute von Kopf bis Fuß in verschiedene Blautöne gekleidet. Natürlich war auch seine Armbanduhr blau – azurblau wie das Meer rund um den Gargano.

»Guten Morgen, Herr Chefinspektor. Machen Sie sich einen Kaffee und lauschen Sie meinem sonoren Bariton! Die Ergebnisse der Blutuntersuchung und der Urinuntersuchung von Mario Dornmann sind eingetroffen. Die Haaranalysen wurden übrigens auch schon in die Wege geleitet. Ich habe dafür gesorgt, dass man auch von Mario Dornmann eine Haarprobe nimmt, wird nur etwas schwierig werden, weil er eine Glatze hat. Aber vielleicht finden die Kollegen ja abseits seines Kopfes das eine oder andere Körperhaar, das lang genug für eine Haaranalyse ist.«

Meierhofer fand dieses Gerede über Körperhaare am frühen Morgen ziemlich unappetitlich, aber dank der eingetroffenen Ergebnisse der Blut- und Urinuntersuchung spürte er zum ersten Mal an diesem Tag so etwas wie Interesse und Elan in sich hochsteigen.

»Lassen Sie mich raten! Die Ergebnisse der Blut- und Urinuntersuchung sind beide natürlich negativ.«

Staudinger nickte lächelnd.

»Stimmt. Wie die beiden anderen Herren war er absolut clean. Kein Alkohol, keine Drogen, keine Medikamente. Magdalena Bergherrs Testergebnisse sollten wir übrigens heute Abend bekommen. Brauchen wir in ihrem Fall auch eine Haaranalyse?«

Der Chefinspektor spürte, dass er wieder grantiger wurde. Warum erwähnte Staudinger jetzt das Suizidopfer? Glaubte er etwa immer noch, dass Magdalena Bergherr möglicherweise zu ihren ominösen Stimmenhörern gehörte? Meierhofer ging zielstrebig auf die Kaffeemaschine zu, um sich eine große Tasse des koffeinhaltigen Zaubertrankes zu brauen. Die hatte er jetzt bitter nötig.

Staudinger quatschte einstweilen weiter: »Ich habe mich übrigens im Internet schlau gemacht. Wussten Sie, dass rund jeder Zehnte mindestens einmal in seinem Leben Stimmen hört?«

Meierhofer konnte nicht anders.

»Stellen Sie sich vor, Herr Kollege. Ich höre jeden Tag Stimmen.«

Staudinger ignorierte diesen Kommentar.

»Das Stimmenhören ist nicht unbedingt immer ein Phänomen, das auf eine psychische Erkrankung schließen lässt. Es gibt anscheinend sogar Leute, die mit diesem Stimmenhören gut zurechtkommen. Die es als Bereicherung ihres Lebens sehen.«

Meierhofer sah zu, wie der Kaffee in seine große Tasse floss.

Dabei murmelte er: »Aha, interessant. Ich glaube allerdings nicht, dass das auf unsere drei Verdächtigen zutrifft.«

Der Chefinspektor ging zum Kühlschrank, um die Milch rauszuholen.

»Mist, keine Milch da. Montagmorgen, und ich muss meinen Kaffee schwarz trinken. Das ist ein schlechtes Omen«, meinte er mürrisch, während er die Kühlschranktür lauter als nötig zuknallen ließ.

»Wissen Sie, was die Stimmen in meinem Kopf gerade förmlich schreien? Leg' dich wieder ins Bett, alter Mann! Das ist heute nicht dein Tag!«

Gruppeninspektor Staudinger versuchte, sich ein Grinsen zu

verkneifen, und fuhr fort: »Mag schon sein, dass das auf unsere drei Stimmenhörer nicht zutrifft, aber ich finde es trotzdem interessant, dass es anscheinend Menschen gibt, die das Stimmenhören sogar als Hilfe sehen. Die Stimmen weisen sie auf ungelöste Probleme in ihrem Leben hin und helfen ihnen so, diese in den Griff zu bekommen oder sogar zu lösen.«

Meierhofer würgte angewidert einen Schluck seines bitteren, großen Schwarzen runter. Kaffee ohne Milch war wirklich nicht seins.

Dann meinte er: »Na ja, das mit den ungelösten Problemen passt dann aber vielleicht doch wieder. Für Simmlinger waren die Touristen ein Problem, dass seine Frau fremdgegangen ist, war für Hüberl sicher auch problematisch, und eine Gruppe junger Hupfer, die dir ständig mit zu lauter Musik den Schlaf und die wohlverdiente Ruhe rauben, wie das bei Dornmann anscheinend der Fall war, könnte man auch in die Kategorie *Problem* einordnen.«

Stefano Staudinger nickte langsam.

Dann erwiderte er: »Stimmt, das sind alles Probleme, die vielleicht objektiv nicht so wahnsinnig schlimm erscheinen, subjektiv aber schon zu einem ständigen Leidensdruck der Betroffenen geführt haben können. Leider haben es Simmlinger, Hüberl und Dornmann aber nicht geschafft, mit Hilfe der Stimmen zu einer positiven Form der Problemlösung zu finden.«

Meierhofer dachte an die sechs Leichen und die riesengroße Blutlache vor der Wohnung der Studenten.

»Nein, positiv waren ihre Formen der Problemlösung mit Sicherheit nicht. Was haben Sie denn sonst noch zum Thema Stimmenhören herausgefunden, Herr Kollege?«

Staudinger schien nur auf diese Frage gewartet zu haben.

»Einiges. Oft wird das Stimmenhören durch eine Psychose hervorgerufen, also eine psychische Störung. Die Betroffenen verlieren während einer Psychose oft komplett den Bezug zur Realität. Unter anderem nehmen viele dann auch Stimmen wahr, die eigentlich gar nicht existieren.«

Meierhofer trank noch einen Schluck Kaffee.

»Das ist dann also so was wie Schizophrenie?«

Staudinger nickte.

»Genau. Schizophrenie fällt in diesen Bereich. Ein sehr hoher Prozentsatz an Schizophreniepatienten hört Stimmen, hat also akustische Halluzinationen.« Chefinspektor Meierhofer überlegte laut: »Wenn Simmlinger, Hüberl und Dornmann alle drei an Psychosen gelitten haben oder immer noch leiden, hätte das doch irgendjemand mitbekommen müssen, oder nicht?«

Staudinger zuckte mit den Schultern.

»Keine Ahnung. Ich denke schon, dass es ziemlich schwierig ist, so etwas vor seiner Umwelt komplett geheim zu halten. Allerdings habe ich auch gelesen, dass es oft sehr lange dauert, bis Betroffene behandelt werden. Meist erst einige Wochen nach ihrem ersten akuten psychotischen Schub, wenn man das so nennen kann. Und das, obwohl die ersten Veränderungen oft schon Jahre zuvor auftreten. Drogenkonsum oder Drogenentzug können übrigens auch Auslöser dieser akustischen Halluzinationen sein.«

»Was das angeht, müssen wir auf die Ergebnisse der Haaranalysen warten. Aber mein Bauch sagt mir, dass sich diese Drogensache erledigt hat. Ich glaube nicht, dass uns Helmut Hüberl angelogen hat, als er erzählt hat, dass er seiner Frau zuliebe den Konsum illegaler Drogen aufgegeben hat. Seiner Frau zuliebe, die nun mausetot ist«, murmelte Meierhofer, der sich immer noch tapfer durch seinen schwarzen Kaffee quälte. Was tat man nicht alles, um den Koffeinspiegel im Blut konstant zu halten. Staudinger, der anscheinend keinen Hang zu Koffein hatte, stand auf, um sich ein Glas Wasser zu holen.

»Dafür spräche auch, was wir von Anna Goldschmied erfahren haben. Sie wissen schon, von wegen Paul Simmlinger wäre ein asketischer Antialkoholiker. Aber warten wir ab, was die Haaranalysen ergeben.«

Meierhofer runzelte die Stirn. Dass Anna Goldschmied gemeint hatte, Paul Simmlinger wäre ein strikter Abstinenzler, hatte er doch glatt schon wieder vergessen. Willibald Schusters Aussagen über Simmlingers Drogenvergangenheit hatten ihn wohl stärker beeindruckt.

»Wie sieht es mit Medikamenten aus? Können die grundsätzlich dieses Stimmenhören auslösen?«, fragte er, um von seinem kleinen Fehltritt abzulenken. Der Gruppeninspektor trank das Halbliterglas Wasser, das er sich mittlerweile gefüllt hatte, in einem Zug leer. Er bemerkte Meierhofers erstaunten Blick.

»Wasser hält jung und gesund, Herr Chefinspektor. Sollten Sie auch einmal probieren. Viel gesünder als Ihr Kaffee«, meinte er schmunzelnd, bevor er antwortete, »Medikamente können übrigens Psychosen auslösen. Sogar Antibiotika haben teilweise das Auftreten von Halluzinationen als mögliche Nebenwirkung. Ich war ganz schockiert, als ich das gelesen habe. Da denkt man immer, man tut seinem Körper was Gutes, und dann das.«

»Ja, ja, in so einem Fall würde Ihnen nicht einmal die literweise Wassersauferei etwas bringen. Also kann ich auch gleich bei meinem Kaffee bleiben«, raunte Meierhofer, der seine Tasse endlich geleert hatte.

Dann meinte er: »Blöd nur, dass wir in Paul Simmlingers, Helmut Hüberls und Mario Dornmanns Blut und Urin keine Medikamente nachweisen konnten.«

Gruppeninspektor Staudinger nickte.

»Stimmt. Medikamentenmissbrauch war also sicher nicht der Auslöser ihrer akustischen Halluzinationen.«

Chefinspektor Meierhofer stand auf.

»Wir tappen immer noch im Dunkeln. Lassen Sie uns also so schnell wie möglich wieder an die Arbeit gehen, Herr Kollege! Finden wir heraus, was die drei Herren miteinander zu tun haben oder hatten. Vielleicht bringt uns das ja weiter. Außerdem sollten wir Mario Dornmann einen Besuch abstatten. Also, was ist Ihnen lieber? Zuerst Vernehmung und dann Recherche, oder zuerst Recherche und dann Vernehmung?«

Staudinger überlegte einen Moment, dann antwortete er: »Vernehmen wir zuerst den Dornmann. Vielleicht erzählt er uns ja etwas, das uns die Recherche vereinfacht. Außerdem bin ich jetzt eh die ganze Zeit am Computer gesessen, und Sie bekommen so wenigstens einen Automatenkaffee mit viel Milch.«

Meierhofer schmunzelte.

»Dann nichts wie los!«

*

Mario Dornmann war nicht besonders groß, maximal einen Meter siebzig, dafür aber fast so breit wie hoch, wobei jedes Gramm seiner beachtlichen Körpermasse aus Muskeln zu bestehen schien. Fett war an dem Fleischhauer wohl kaum dran. Entweder war die Arbeit im Schlachthof so anstrengend, was sich Meierhofer gut vorstellen konnte, oder Mario Dornmann verbrachte den Großteil seiner Freizeit im Fitnessstudio. Der Chefinspektor musterte den glatzköpfigen Mann, der ihm gegenüber saß, genau. Er war fest entschlossen, ihm jede Lüge aus dem Gesicht abzulesen.

»Guten Morgen, Herr Dornmann. Wie geht es Ihnen heute denn? Haben Sie Ihre Begegnung mit dem Pfefferspray gut überstanden? Und was machen die Stimmen?«, fragte Meierhofer beinahe übertrieben freundlich.

Das Gesicht des Verdächtigen gefror zu einer steinernen Maske.

»Erstens wüsste ich nicht, was an diesem Morgen gut sein sollte, Herr Inspektor, zweitens kann einem Mann wie mir so ein Pfefferspray nicht viel anhaben, und drittens habe ich keine Ahnung, von welchen Stimmen Sie reden.«

Staudinger blickte Meierhofer kurz an. Keinen der beiden überraschte diese Aussage. Nachdem auch die beiden anderen plötzlich die Existenz der Stimmen abgestritten hatten, war es irgendwie nur logisch, dass auch Dornmann das tat. Obwohl natürlich keiner der beiden Inspektoren auch nur die geringste Ahnung hatte, warum. Wollten Sie einfach alle drei nicht als verrückt gelten? War das ihr Beweggrund?

Staudinger verzichtete dieses Mal darauf, in die Luft zu gehen.

Er antwortete relativ gelassen: »Aber Herr Dornmann, natürlich wissen Sie, welche Stimmen der Herr Chefinspektor meint. Die Stimmen, die Sie bitter enttäuscht haben, weil Ihr Opfer, dieser Student, noch am Leben ist. Was übrigens Ihr großes Glück ist, Herr Dornmann. Manuel Unterleitner wird wieder ganz gesund werden. Eine Anklage wegen Mordes bleibt Ihnen also erspart. Wobei ich ja nicht ganz sicher bin, dass Sie das auch verdienen.«

Meierhofer versuchte auf dem Gesicht des Fleischhauers auch nur die geringste Emotion auszumachen, aber das war unmöglich. Dornmann schien zur Statue geworden zu sein. Oder zur Salzsäule, wie Lots Frau im Alten Testament, schoss es dem Chefinspektor durch den Kopf.

Staudinger gab nicht auf.

Er wurde etwas lauter: »Und, was meinen Sie zu dieser Nachricht, Herr Dornmann? Sind Sie gar nicht erleichtert, dass Sie den jungen Mann nicht getötet haben? Oder wäre es Ihnen lieber, Sie hätten es doch getan, weil die Stimmen Sie jetzt weiter quälen?«

Mario Dornmanns Gesichtsausdruck verfinsterte sich. Meierhofer wusste, welcher Satz jetzt kommen würde.

Er nahm ihn vorweg: »Lassen Sie mich raten, Herr Dornmann. Ohne Ihren Anwalt sagen Sie gar nichts mehr.«

Dornmann nickte erstaunt. Meierhofer gab Staudinger ein Zeichen. Das hier war absolute Zeitverschwendung.

Trotzdem stellte er natürlich die eine Frage, die er unbedingt stellen musste: »Bevor wir wieder gehen, weil Sie uns ja ohnehin nichts mehr sagen, hätte ich noch eine Frage an Sie, Herr Dornmann, die Sie uns sicher auch ohne Ihren Anwalt beantworten können. Kennen Sie einen Paul Simmlinger oder einen Helmut Hüberl?«

Der Chefinspektor hatte das Gefühl, dass Mario Dornmann kurz zusammenzuckte, bevor er murmelte: »Nein, kenne ich nicht, Herr Inspektor.«

Meierhofer war sich sicher, dass das gelogen war.

»Und was ist mit Magdalena Bergherr, Herr Dornmann? Kennen Sie die?«, hakte Staudinger nach.

»Die ist übrigens seit gestern tot.«

Für einen Moment hatte Dornmann sein Gesicht überhaupt nicht unter Kontrolle. Tiefe Bestürzung machte sich darauf breit, bevor er es wieder zur Maske gefrieren ließ und stumm den Kopf schüttelte. Chefinspektor Meierhofer war ehrlich erstaunt. Sollte Staudinger doch auf der richtigen Fährte gewesen sein? Bestand nicht nur zwischen den drei Männern eine Verbindung, sondern kannten die drei auch Magdalena Bergherr, die sich gestern Abend das Leben genommen hatte? Bevor Meierhofer hinter Gruppeninspektor Staudinger den Raum verließ, drehte er sich noch einmal zu dem massigen Fleischhauer um.

»Eines noch, Herr Dornmann. Gehen Sie gerne auf Clubbings, und nehmen Sie irgendwelche Drogen?«

Dornmann schüttelte entsetzt den Kopf.

»Ich mache gerade, neben meiner Arbeit im Schlachthof, die Matura nach, Herr Inspektor. Glauben Sie mir, das Letzte, wofür ich Zeit habe, sind Clubbings. Außerdem wissen Sie ja, was ich von lauter Musik halte.... Und Drogen? Ich kann es mir nicht leisten, nicht voll zurechnungsfähig zu sein, weder bei der Arbeit noch beim Lernen. Ich trinke ja nicht einmal mehr am Abend ein Bier.«

Meierhofer nickte. Zum ersten Mal an diesem Tag hatte Dornmann die Wahrheit gesagt.

14

Als Meierhofer und Staudinger die Justizanstalt Krems verließen, wurden sie von einem Schwall glühend heißer Luft beinahe erschlagen. Während Meierhofer, dem augenblicklich der Schweiß aus den Drüsen schoss, am liebsten zurück ins verhältnismäßig kühle Gebäude geflüchtet wäre, schwärmte Staudinger: »Ah, bellissimo – wie schön. Ich liebe den Sommer. Das erinnert mich immer an die Zeit bei meiner Oma und meinem Opa, in Vieste. Es geht doch nichts über fünfunddreißig Grad im Schatten, finden Sie nicht auch, Herr Chefinspektor?«

Meierhofer, der sich gerne als Wintermensch bezeichnete, schüttelte entsetzt den Kopf.

»Kommen Sie mir nicht mit fünfunddreißig Grad im Schatten, Kollege Staudinger! Von mir aus könnte es das ganze Jahr über zehn, zwölf Grad haben, aber davon sind wir hier ja leider meilenweit entfernt. Wird doch immer ärger, diese Affenhitze. Seit einigen Jahren hat man im Sommer bei uns schon beinahe das Gefühl, man ist in der Toskana und nicht mehr in der guten, alten Wachau. Fehlt nur noch, dass in den Weinbergen Olivenbäume wachsen. Also, für mich ist das nichts. Sobald ich in Pension bin, wandere ich aus. Nach Schweden, Finnland, Norwegen, Schottland oder Irland. Irgendwohin, wo es auch im Sommer kühler ist. Allerdings weiß meine Frau noch nichts davon. Aber zurück zu unseren Fällen. Ich schlage vor, wie gehen jetzt den Recherche-Teil an. Sie übernehmen Dornmanns und Hüberls Umgebung, und ich besuche noch einmal diese Anna Goldschmied.«

Staudinger grinste wieder einmal übers ganze Gesicht, während er meinte: »Aha, Sie bekommen Anna Goldschmied. Das hat doch wohl nichts mit dem ausgezeichneten Kaffee zu tun, den sie Ihnen beim letzten Mal kredenzt hat?«

Meierhofer hatte das Gefühl, ein wenig rot zu werden. War er wirklich so leicht zu durchschauen? Aber nach dem schwarzen Kaffee heute Morgen und dem mittelmäßigen Automatengebräu vorhin hatte er sich heute einen ordentlichen Kaffee redlichst verdient. Also warum nicht das Angenehme mit dem Nützlichen verbinden? »Unsinn, Staudinger. Sie tun ja geradezu so, als wäre ich tatsächlich süchtig nach dem Zeug. Ich kann schon auch ganz gut ohne Kaffee auskommen, nur dass Sie es wissen. Außerdem sind Sie nicht mit mir verheiratet, und ich bin Ihnen deshalb keine Rechenschaft schuldig. Gut, bleiben wir also dabei, dass ich mich um Simmlingers Umfeld kümmere, während Sie sich Hüberl und Dornmann widmen. Es muss doch herauszufinden sein, welche Verbindung zwischen den drei Herren besteht, beziehungsweise bestanden hat.«

Staudinger schloss die Türen seines schnittigen Sportwagens auf. Der Chefinspektor ließ sich auf den Beifahrersitz plumpsen.

»Und fahren Sie ja nicht zu schnell, Herr Kollege! Ich habe keine Lust, in einer Radarfalle der uniformierten Kollegen zu landen. Sie wissen schon, das ist dann wieder schlecht für unseren Ruf.«

Staudinger schmunzelte.

»Als ob unsere werten, uniformierten Kollegen sich immer an die Geschwindigkeitsbegrenzungen halten würden. Aber keine Angst, Herr Chefinspektor, ich werde sehr gesittet fahren.«

*

Etwa eine Stunde später saß Meierhofer Anna Goldschmied gegenüber. Er hatte bereits eine Tasse ihres großartigen Kaffees getrunken und fühlte sich zum ersten Mal an diesem Tag glücklich und zufrieden. Was man von Anna Goldschmied wohl nicht behaupten konnte. Sie sah ziemlich blass und mitgenommen aus.

Eben meinte sie verzweifelt: »Wissen Sie, das ist alles nicht so einfach für mich. Immerhin war Paul meine große Liebe, aber ich kann ihm beim besten Willen keine Chance mehr geben. Das geht doch nicht! Ich kann doch nicht mit einem fünffachen Mörder zusammenleben. Abgesehen davon, dass er wahrscheinlich ohnehin für viele Jahre ins Gefängnis wandern wird.«

Chefinspektor Meierhofer war baff. Anna Goldschmied schien anscheinend hundertprozentig von der Schuld ihres Lebensgefährten, oder wohl eher Ex-Lebensgefährten, überzeugt zu sein. Aber das war er selbst natürlich auch. Dass Simmlinger die fünf Camper getötet hatte, stand außer Frage, auch wenn er sich anscheinend dazu entschlossen hatte, sein ursprüngliches Geständnis zu widerrufen. Er war dabei beobachtet worden. Er hatte das Gewehr noch in den Händen gehalten, als man ihn am Tatort aufgefunden hatte. Es ging hier also nicht um das Ob oder Nicht. Es ging um das Warum.

Es ging darum, herauszufinden, wieso drei an sich friedliche, unauffällige Männer unter ähnlichen Umständen zu Verbrechern geworden waren. Und darum, mit dem Wissen über die Hintergründe, verhindern zu können, dass weitere, an sich friedliche, unauffällige Männer oder auch Frauen zu Verbrechern werden würden.

Anna Goldschmied bemerkte, dass Meierhofers Tasse leer war.

»Kann ich Ihnen noch einen Kaffee anbieten, Herr Inspektor?«, fragte sie eilig. Meierhofer hatte nur auf diese Frage gewartet.

»Wenn es nicht zu viele Umstände macht, gerne.«

Während sich die hübsche, junge Frau um den Koffein-Nachschub kümmerte, fragte Meierhofer beiläufig: »Frau Goldschmied, ich habe Sie letztes Mal nach Helmut Hüberl gefragt, und Sie haben gemeint, dass er kein Freund von Herrn Simmlinger war. Sind Sie immer noch dieser Meinung?«

Anna Goldschmied antwortete wie aus der Pistole geschossen: »Aber sicher, Herr Inspektor. Ich kenne diesen Namen wirklich nicht. Wäre dieser Herr Hüberl ein Freund von Paul gewesen, dann hätte ich ihn sicher auch gekannt.«

Meierhofer nickte stumm. Das klang ehrlich. Anna Goldschmied schien mit dem Namen Helmut Hüberl wohl wirklich nichts anzufangen.

»Wir wissen aber, dass Herr Simmlinger die Website von Helmut Hüberls Gärtnerei designt hat. Die beiden kannten sich also mit Sicherheit.«

Anna Goldschmied zuckte mit den Schultern.

»Das heißt aber noch lange nicht, dass die zwei befreundet waren. Paul hatte jede Menge Kunden rund um Krems, teilweise bis in den St. Pöltner und den Melker Bezirk. Wenn er mit jedem seiner Auftraggeber befreundet gewesen wäre, hätte er wohl hunderte Freunde gehabt. Also, glauben Sie mir bitte, wenn ich Ihnen sage, dass ich den Namen Helmut Hüberl bis zu Ihrem letzten Besuch nicht gekannt habe.«

Meierhofer nickte milde lächelnd.

»Natürlich glaube ich Ihnen das, Frau Goldschmied. Welchen Grund hätten Sie wohl, mich anzulügen. Also, Helmut Hüberl kennen Sie nicht, aber wie sieht es mit Mario Dornmann aus? Haben Sie diesen Namen schon einmal gehört? War er ein Freund oder Bekannter Ihres Ex-Lebensgefährten?«

Meierhofer beobachtete Anna Goldschmieds Gesicht genau, während diese eine volle Tasse Kaffee vor ihm abstellte. Auf dem seltsamen Puff-Tisch, dessen Fuß ein nacktes Paar darstellte. Die Miene der jungen Frau veränderte sich kaum. Sie schien nachzudenken, aber er hatte nicht das Gefühl, dass sie sich eine Lüge zusammenreimte. Anscheinend war ihr die Frage auch in keiner Form unangenehm.

Nach einer Weile antwortete sie aufrichtig: »Nein, tut mir leid, Herr Inspektor, aber dieser Name sagt mir auch nichts. Wissen Sie, ich kannte sowohl Pauls Jagdkollegen als auch seine sonstigen Freunde persönlich. Ich habe diese beiden Namen noch nie gehört. Ich kann mir also beim besten Willen nicht vorstellen, dass diese zwei Herren mit Paul befreundet waren.«

Meierhofer war enttäuscht.

Er hatte gehofft, dieses Mal etwas mehr zu erfahren. Während er einen Schluck des außergewöhnlich guten Kaffees nahm, dachte er an Staudinger und an dessen Vermutung, auch Magdalena Bergherr könnte etwas mit der Sache zu tun haben.

Also fragte er, ohne wirklich mit einer positiven Antwort zu rechnen: »Wissen Sie vielleicht, ob Herr Simmlinger Kontakt zu einer Magdalena Bergherr hatte?«

Anna Goldschmieds Gesichtsausdruck veränderte sich schlagartig.

»Magdalena Bergherr? … Doch, das sagt mir etwas. Ich weiß, dass Paul vor meiner Zeit einmal mit einer Magdalena Bergherr zusammen gewesen ist. Paul und ich waren aber über fünf Jahre ein Paar. Das mit dieser Magdalena ist also schon ziemlich lange her. Sie ist, glaube ich, mittlerweile verheiratet und hat zwei Kinder. Soweit ich weiß, hatte Paul schon lange keinen Kontakt mehr zu ihr. Und das weiß ich sogar ziemlich genau. Ich bin nämlich ein bisschen eifersüchtig. Paul wusste genau, dass ich es nicht geduldet hätte, wenn er den Kontakt zu einer seiner Ex-Freundinnen aufgefrischt hätte.«

Schau einer an! Staudingers Verdacht schien sich tatsächlich zu bestätigen. Paul Simmlinger und Magdalena Bergherr waren einmal ein Paar gewesen.

Meierhofer wusste, dass ihr Suizidopfer nach der Scheidung wieder seinen Mädchennamen angenommen hatte. Magdalena Bergherr hatte also vor ihrer Ehe mit dem Vater ihrer Kinder genauso geheißen. Das würde also passen. Dass die beiden anscheinend seit über fünf Jahren keinen Kontakt mehr zueinander gehabt hatten, war zwar ein Wermutstropfen, aber immerhin hatte er eine erste Verbindung gefunden. Wenn es auch nicht gerade die war, die er zu finden gehofft hatte. Irgendetwas sagte Meierhofer, dass das genau der richtige Zeitpunkt war, um das Gespräch zu beenden.

Er schlürfte genussvoll den letzten Schluck des hervorragenden Kaffees und meinte dann: »Herzlichen Dank für Ihre Hilfe, Frau

Goldschmied. Und vielen Dank für den Kaffee. Würden Sie mir vielleicht Ihr Familiengeheimnis verraten?«

Anna Goldschmied lächelte. Meierhofer wurde bewusst, wie schön diese Frau war. Aus rein kriminaltechnischer Sicht gesehen natürlich.

Dann erwiderte sie: »Aber nur, weil Sie es sind, Herr Inspektor. Ich gebe eine Prise Zimt dazu. So wenig, dass der Kaffee nicht nach Weihnachten riecht, aber doch so viel, dass der Zimt den Geschmack des Kaffees besonders macht. Am besten schmeckt er dann, wenn man viel Milch hineingibt. Den Tipp habe ich übrigens von meiner Oma.«

Zimt? Auf die Idee, Zimt in den Kaffee zu mischen, wäre Meierhofer nie gekommen. Als Wintermensch liebte er Zimt natürlich über alles. Genau wie Kaffee. Kein Wunder, dass diese Mischung ihm so gemundet hatte.

»Ist eine kluge Frau, Ihre Oma. Auf Wiedersehen, Frau Goldschmied.«

»Auf Wiedersehen, Herr Inspektor.«

*

Als Meierhofer wieder ins Büro kam, saß Staudinger bereits an seinem Computer.

»Na, wie es aussieht, haben Sie bei Frau Goldschmied jede Menge ihres tollen Kaffees bekommen, Herr Chefinspektor. Sie sehen ja richtig glücklich aus«, begrüßte ihn der Gruppeninspektor schelmisch.

Meierhofer beschloss, nicht zu erwähnen, dass er das Kaffee-Familiengeheimnis offenbart bekommen hatte, sondern sich ausschließlich auf den professionellen Teil zu konzentrieren.

Deshalb antwortete er: »Stimmt. Ich bin gut gelaunt, Herr Kollege. Aber das liegt daran, dass ich einen Schritt weiter gekommen bin. In unseren Ermittlungen natürlich.«

Blöder Nachsatz. Worin denn sonst?

»Raten Sie mal, mit wem Paul Simmlinger vor seiner Beziehung mit Anna Goldschmied liiert gewesen ist?«

Staudinger überlegte nicht lange.

»Nachdem Simmlinger wohl nicht bisexuell ist, was ich übrigens auch für eine äußerst reizvolle Idee halte, und wir es in den letzten Tagen nur mit einer Frau zu tun hatten, würde ich ganz verwegen raten: mit Magdalena Bergherr?«

Meierhofer überging die Bisexualitätsbemerkung, was ihm gar nicht so leicht fiel, und erwiderte: »Korrekt. Ich sehe, Sie haben es nicht nur durch Vitamin B bis zum Gruppeninspektor gebracht.«

Staudinger grinste. Er konnte nicht anders.

»Aber, aber, Herr Chefinspektor. Sie vergessen, dass ich halber Ausländer bin. Vitamin B gibt es für mich nicht. Ich muss wirklich froh sein, dass ich es überhaupt in den Polizeidienst geschafft habe. Obwohl die Alternative Pizzabäcker natürlich auch nicht zu verachten gewesen wäre.«

Meierhofer konnte nur zum Teil schmunzeln. In Staudingers ironisch gemeinter Bemerkung steckte leider viel zu viel Wahrheit. Zur Hälfte Italiener und homosexuell. Ein Wunder, dass Staudinger noch nicht ausgewandert war. Leicht machte man es ihm unter diesen Umständen hier in Österreich sicher nicht immer.

Staudinger schien zu spüren, dass Meierhofer unangenehm berührt war, weshalb er schnell wieder das Thema wechselte.

»Interessant ist das schon, diese Beziehung zwischen dem Simmlinger und der Bergherr. Wenigstens haben wir einen Anhaltspunkt. Ich habe nämlich gar nichts herausgefunden. Helmut Hüberls Familie ist immer noch wie paralysiert. Die sind praktisch nicht vernehmungsfähig. Dass ihr Sohn ihre heiß geliebte Schwiegertochter und Schwägerin ermordet hat, scheinen sie überhaupt nicht zu packen. Von den Eheproblemen und der Untreue der Getöteten hat anscheinend niemand etwas gewusst. Die Namen Paul Simmlinger und Mario Dornmann sagen ihnen überhaupt nichts und Magdalena Bergherr kennen sie auch nicht. Das Einzige, was ich aus ihnen herausbekommen habe, ist, dass Helmut Hüberl, auch in seiner Funktion als DJ TUMLEH, nie Drogen genommen hat. Aber nachdem seine Verwandten ja auch nichts von den Eheproblemen wussten, stellt sich natürlich die Frage, wie ernst wir diese Behauptung nehmen können. Selbstverständlich habe ich auch die neugierigen Nachbarn befragt, aber die konnten mir genauso wenig Neues erzählen. Ich habe ihnen sogar Fotos von Simmlinger, Dornmann und Bergherr gezeigt, aber keiner kann sich daran erinnern, einen beziehungsweise eine der drei je in ihrer Siedlung gesehen zu haben.«

Fotos! Daran hatte Meierhofer vor seinem Besuch bei Anna Goldschmied diesmal gar nicht gedacht. Er wurde alt, alt, alt.

»Bei Dornmann war es dann noch etwas schwieriger. Der Mann hat praktisch niemanden im Leben. Keine Frau, keine Freundin, keinen Freund, keine Familie. Nur sich und sehr, sehr oberflächliche Beziehungen zu seinen Arbeitskollegen und den Mitschülerinnen und Mitschülern in der Abendschule, in der er die Matura nachmacht. Und dann wären da auch noch seine Nachbarn, aber die sind naturgemäß nicht besonders gut auf ihn zu sprechen. Also, soweit ich das verstanden habe, kennt keiner Mario Dornmann genau. Alles, was ich in Erfahrung gebracht habe, ist, dass er ein sehr fleißiger, ehrgeiziger Mann ist. Er muss geradezu verbissen daran arbeiten, die Matura zu bekommen, wobei er sich angeblich nicht mit mittelmäßigen Ergebnissen zufriedengibt. Ich habe das Gefühl, dass es sich bei Dornmann um einen handelt, der in seiner Jugend einiges verbockt hat, und der erst jetzt erkennt, welche Chancen er sich hat entgehen lassen. Er will jetzt alles nachholen. Aus seinem Beruf ausbrechen und allen beweisen, was er drauf hat.«

Meierhofer runzelte die Stirn.

»Klingt also nicht nach jemandem, der sich planlos mit Drogen zudröhnt.« Staudinger nickte.

»Genau. Er scheint, zumindest in der letzten Zeit, ein richtiger Abstinenzler gewesen zu sein. Genau wie Simmlinger, den übrigens niemand in Dornmanns Umfeld kennt. Genauso wenig wie

Helmut Hüberl und Magdalena Bergherr.«

Chefinspektor Meierhofer war ein wenig enttäuscht.

»Wenn das so ist, müssen wir wohl bei der Beziehung zwischen Paul Simmlinger und Magdalena Bergherr ansetzen. Vielleicht bringt uns das ja dann auch in andere Richtungen weiter.«

Meierhofer wusste nicht, warum, aber er hatte trotz der enttäuschenden momentanen Lage das Gefühl, dass die alles verändernde Wendung, die in vielen Ermittlungen so wichtig war, kurz bevorstand. Bald würden sie schlauer sein, da war er sich sicher. Bald ... Hoffentlich.

15

Wenig später saßen Staudinger und Meierhofer erneut Paul Simmlinger gegenüber. »Was machen Sie denn schon wieder hier? Es gibt nichts Neues, in Ordnung!? Also, lassen Sie mich gefälligst in Ruhe!«, zischte der mutmaßliche Fünffachmörder giftig, als er die beiden Inspektoren sah.

Staudinger ging auf wie ein Germteig: »Jetzt passen Sie einmal auf, mein Lieber! Sie sollten sich besser daran gewöhnen, dass der Herr Chefinspektor und ich Sie jederzeit vernehmen können und auch werden! Außerdem würde ich an Ihrer Stelle den Mund nicht so voll nehmen! Schon mal was von Beamtenbeleidigung gehört? Macht sich nicht gut, wenn man, wie Sie, kurz vor der Anklage wegen fünffachen Mordes steht. Sie sollten sich möglichst ruhig verhalten und Willen zur Kooperation zeigen! Glauben Sie mir.«

Simmlinger schien den Wutausbruch des Gruppeninspektors amüsant zu finden.

Mit einem süffisanten Grinsen erwiderte er gelangweilt: »Sind Sie fertig, Herr Inspektor? Sie sehen nicht nur aus wie ein Südländer, sondern haben auch deren Temperament. Steckt in Ihnen türkisches Blut, oder sind Sie ein Katzlmacher?«

Staudinger schluckte. Auch Meierhofer hielt die Luft an. Damit war Simmlinger jetzt eindeutig zu weit gegangen.

Er blickte den blonden, blauäugigen Verdächtigen finster an und flüsterte: »Das wird Konsequenzen haben, Herr Simmlinger, verlassen Sie sich darauf!«

Um Stefano Staudinger davon abzuhalten, sich weiter auf ein Streitgespräch mit dem Verdächtigen einzulassen, fuhr der Chefinspektor rasch fort: »Es gibt übrigens doch etwas Neues,

Herr Simmlinger. Was können Sie uns über Magdalena Bergherr erzählen?«

Simmlingers Gesichtsausdruck veränderte sich. Das triumphierende, süffisante Lächeln wich Verwunderung und Sorge. Der junge Mann schien sich dessen bewusst zu werden, weshalb er rasch wieder einen gekünstelt kühlen Blick aufsetzte.

»Gar nichts. Ich kenne keine Magdalena Bergherr«, presste er dann hervor. Selbst wenn Meierhofer nicht zuvor von Anna Goldschmied Gegenteiliges erfahren hätte, wäre ihm sofort aufgefallen, dass der mutmaßliche Mörder log. Der Chefinspektor warf seinem Kollegen einen kurzen Blick zu – dieser nickte. Meierhofer überließ also diesen Moment des Triumphes Stefano Staudinger, der sich das, nach den rassistischen Anfeindungen von vorhin, auch redlich verdient hatte.

Nun war es an Staudinger, ein süffisantes Lächeln hervorzuzaubern, was ihm auch ausgezeichnet gelang.

Er stemmte sich auf die Tischplatte, die ihn räumlich von Paul Simmlinger trennte, sah dem Verdächtigen genau in die Augen und sagte: »Na, na, Herr Simmlinger. Sie werden doch nicht schon in jungen Jahren an Gedächtnisschwund leiden? Kleiner Tipp: Wir Katzlmacher essen viel Olivenöl, das hält jung. Sollten Sie auch einmal probieren! Aber einstweilen helfe ich Ihnen gerne auf die Sprünge. Magdalena Bergherr ist eine Ihrer Ex-Freundinnen. Ist natürlich schon eine Weile her, dass Sie mit ihr zusammen waren, immerhin hatten Sie danach fünf Jahre Anna Goldschmied an Ihrer Seite, aber eigentlich sollten Sie sich noch an Frau Bergherr erinnern können. War doch auch eine recht attraktive Frau.«

Meierhofer schmunzelte. Staudinger hatte es geschafft. Simmlinger hatte seine coole Maske wieder abgelegt. Der Chefinspektor konnte ihm nun genau in die Seele schauen. Was er jetzt sah, war Verwirrung. Verwirrung und Angst.

Simmlinger räusperte sich kurz und murmelte dann: »Wieso war?«

Staudinger genoss seinen Auftritt: »Wie bitte? Ach so, Sie meinen, warum sie eine recht attraktive Frau war und nicht mehr ist? Na ja, ganz einfach, Herr Simmlinger. Weil Leichen leider meist kein besonders schöner Anblick sind. Das sollten Sie doch von Ihrer kleinen Campingplatzschießerei wissen.«

Meierhofer beobachtete Simmlinger genau. Diesem entglitten die Gesichtszüge nun komplett. Er war schockiert. Der Chefinspektor beschloss, dass er nun an der Reihe war.

»Herr Simmlinger, Sie sehen ja so geschockt aus. Sie kannten Magdalena Bergherr also doch, nicht wahr?«

Simmlinger nickte langsam, dann raunte er: »Ja, wir waren fast zwei Jahre lang ein Paar. Aber wie Ihr Kollege bereits gesagt hat, ist das schon ziemlich lange her. Was ist denn mit Magdalena passiert? Woran ist sie gestorben?«

Meierhofer griff nach dem Pappbecher, der neben ihm stand, trank einen Schluck, dachte sich dabei, dass dieses Gesöff nicht annähernd an Anna Goldschmieds einmaligen Zimt-Kaffee herankam, und antwortete dann: »Sie ist vom Balkon gefallen. Wahrscheinlich gesprungen.«

Simmlinger starrte den Chefinspektor entsetzt an. Anscheinend gefiel ihm gar nicht, was er da hörte. Meierhofer wurde immer neugieriger.

»Hatten Sie denn in der letzten Zeit irgendwann mal Kontakt zu Magdalena Bergherr? Sie wissen schon. Der alten Zeiten willen«, fragte er neugierig, den mutmaßlichen Fünffachmörder immer genau im Visier. Wie Meierhofer erwartet hatte, verzog der das Gesicht abermals. Die Frage schien ihm unangenehm zu sein.

Er zögerte einen Moment, antwortete dann aber mit beinahe übertrieben fester Stimme: »Nein. Ich habe Magdalena schon seit mehr als einem Jahrzehnt nicht mehr gesehen. Sie kennen ja mittlerweile meine Freundin, Anna Goldschmied.« Meierhofer konnte nicht umhin, zu bemerken, dass Paul Simmlinger wohl tatsächlich davon auszugehen schien, dass Anna Goldschmied immer noch seine Freundin war. Er verkniff sich aber ein korrigierendes *Ex-Freundin* und wartete neugierig auf Simmlingers weitere Erklärungen. Dass dieser wieder einmal log, war ihm an der Nasenspitze anzusehen. Dafür musste man kein Kriminalbeamter sein. Dazu reichten schon ein wenig Hausverstand und Menschenkenntnis.

Paul Simmlinger fuhr fort: »Wie Sie also wissen, ist Anna eine äußerst attraktive Frau.«

»Erzählen Sie uns etwas Neues!«, unterbrach Staudinger ihn ein wenig bissig. Simmlinger ließ sich jedoch nicht aus der Ruhe bringen.

»Mit einer Frau wie Anna an der Seite habe ich keinen Grund, mich mit anderen Frauen zu treffen. Auch nicht der alten Zeiten willen, Herr Inspektor. Und nachdem Anna ziemlich eifersüchtig ist, bin ich immer besonders vorsichtig im Umgang mit dem weiblichen Geschlecht. Glauben Sie mir, Herr Inspektor, Annas Eifersuchtsausbrüche können recht unschön werden. Das erspare ich mir also lieber.« Meierhofer, der Eifersucht aus seiner Ehe überhaupt nicht kannte, nickte stumm. Auch, wenn er und seine Frau einander blind vertrauten und deshalb einfach keinen Grund für Eifersucht hatten, konnte er sich lebhaft vorstellen, wie es sein musste, an der Seite eines eifersüchtigen Partners zu leben. Dass Anna Goldschmied ausrasten konnte, wenn ihr etwas nicht passte, schien ihm nicht abwegig. Auch, wenn sie einen wirklich einzigartigen Kaffee kochte.

Meierhofers Gedanken rasten durch seinen Kopf, während er sich über den Bart strich. Sie standen im Widerspruch zu dem, was ihm sein Bauch sagte. Rational gesehen machte das, was Simmlinger erzählte, Sinn, aber der Chefinspektor war sich trotzdem sicher, dass es gelogen war. Magdalena Bergherr und Paul Simmlinger hatten einander auch in der jüngeren Vergangenheit getroffen, da war er sich sicher. Es musste ja nicht so sein, dass sie wieder ein Verhältnis miteinander angefangen hatten, aber sie hatten sich zumindest gesehen. Warum nur wollte Simmlinger das unbedingt verbergen? Warum logen Simmlinger und Hüberl, wenn es darum ging, ob sie einander kannten? Welches gemeinsame Geheimnis hatten Paul Simmlinger, Helmut Hüberl, Mario

Dornmann und Magdalena Bergherr? Sie mussten ein Geheimnis haben. Sie wollten etwas verbergen. Etwas, das herauskommen konnte, wenn man eine Verbindung zwischen ihnen herstellte. Meierhofer wurmte es, dass sein Kopf seinem Bauch noch lange nicht guten Gewissens nachgeben konnte. Er spürte, dass da etwas war, aber er wusste nicht, was. Er konnte nur Vermutungen anstellen, die nötige Gewissheit aber fehlte ihm. Leider schien Simmlinger nicht dazu beitragen zu wollen, diese Situation zu verändern.

Der Chefinspektor bemerkte den frustrierten Blick seines Kollegen. Auch Staudinger war nicht zufrieden mit dem Verlauf des Gespräches, das konnte man ihm mehr als deutlich ansehen.

Deswegen versuchte es der Gruppeninspektor noch einmal auf die derbe Tour, ganz der Bad Cop eben.

»Herr Simmlinger. Verarschen Sie uns doch nicht schon wieder! Sie haben Magdalena Bergherr nicht vor über fünf Jahren das letzte Mal gesehen. Sie waren erst vor kurzem mit ihr in Verbindung. Geben Sie es doch zu! Und erzählen Sie uns am besten auch gleich, was Sie mit ihr zu tun hatten! War es etwas Körperliches? Haben Sie die arme Frau Bergherr getröstet, nachdem sich ihr Mann von ihr hat scheiden lassen? Haben Sie ihr über den Verlust ihrer beiden Kinder hinweggeholfen? Oder waren Sie vielleicht gar der Scheidungsgrund?«

Simmlinger wurde aggressiv. Er sprang auf und schrie: »Halten Sie die Klappe! Von einem Katzlmacher lasse ich mir überhaupt nichts sagen! Es geht Sie einen Dreck an, was ich wann, wo und wie mit Magdalena gemacht habe!«

Simmlinger wurde anscheinend bewusst, dass er dabei war, im Affekt zu viel zu verraten. Er setzte sich wieder nieder, und weniger aufgeregt ergänzte er: »Außerdem weiß ich das selbst schon nicht mehr, weil es, wie gesagt, schon ewig her ist. Und jetzt ist das Gespräch beendet. Außer Sie schaffen meinen Anwalt her.«

Meierhofer nickte.

»Gehen wir, Kollege Staudinger«, murmelte er leise.

Der Gruppeninspektor warf Simmlinger einen verächtlichen Blick zu und erwiderte: »Nur zu gerne, Herr Chefinspektor. Die Luft hier herinnen ist mir ohnehin zu schlecht.«

Als Meierhofer und Staudinger den Raum verließen, waren sie zwar nicht wirklich klüger als zuvor, aber dafür um so sicherer, dass es hier irgendetwas aufzudecken gab. Die Frage war nur, was?

*

Er starrt auf die mittelgroße Schachtel, die vor ihm auf dem Tisch steht. Seine neue Errungenschaft oder eher seine neue Schöpfung, sein Werk, liegt darin. Er ist stolz auf sich. Er hat es geschafft. Jetzt muss er sich nur noch dazu überwinden, sie auch einzusetzen. Aber kann er das? Und darf er das?

Natürlich setzt du sie ein! Am besten gleich morgen. Worauf wartest du eigentlich? Bald ist es zu spät dafür. Du willst doch nicht bis in den Herbst warten.

Nein, das will er wirklich nicht. Dann ist er vielleicht nicht mehr entschlossen genug, dann traut er sich vielleicht gar nicht mehr. Wenn, dann muss er es jetzt machen. Vielleicht wirklich gleich morgen. Oder übermorgen. Spätestens aber am Freitag. Da haben diese seltsamen Stimmen, die er seit einiger Zeit immer wieder hört, schon recht. Obwohl er das ja nicht gerade gerne zugibt. Die Stimmen verunsichern ihn. Sie sind beunruhigend. Und nicht normal. Diese Stimmen sind nicht normal. Er ist nicht normal. Wer imaginäre Stimmen hört, ist nicht normal.

Na und? Wer oder was ist schon normal? Du wirst sie alle ausradieren. Alle! Endlich wirst du ihnen die Abreibung verpassen, die sie sich verdient haben. Das Leben machen sie dir danach sicher nicht mehr schwer. Also, trau dich ruhig! Du schaffst das schon!

Du schaffst das schon! Schön, dass einer an ihn glaubt. Und wenn es auch nur diese Stimmen sind. Alle anderen kritisieren ihn nur. Stoßen ihn ständig mit der Nase darauf, was er alles falsch macht.

Vor allem seine Kollegen. Die sind die Schlimmsten. Vielleicht ist es wirklich an der Zeit, sie auszuradieren.

Natürlich ist es das. Du wirst schon sehen, es klappt. Mit Sicherheit! Und dann bist du sie los. Ein für allemal los. Die, die immer alles besser wissen. Die, die hinter deinem Rücken lästern. Die, die dich mobben und beim Chef anschwärzen. Dann bist du sie los.

Er lacht auf und legt den Deckel zurück auf die Schachtel. Versteckt sein Werk. Noch darf keiner davon wissen. Noch nicht. Aber bald. Bald.

16

Als Meierhofer an diesem Abend von der Arbeit nachhause kam, roch er schon von weitem, dass es ein äußerst angenehmer und vor allem wohlschmeckender Abend werden würde. Es gab Wild. Wahrscheinlich Reh. Hans Meierhofer liebte alles, was in den Wäldern und auf den Wiesen der Umgebung kreuchte und fleuchte: Rehe, Hirsche, Hasen, Wildschweine, Fasane und Rebhühner, dazu noch Schwammerln, am besten Eierschwammerln oder Steinpilze.

Meierhofer zog sich die Schuhe aus und ging barfuß in Richtung Küche. Schön waren seine nackten Füße ja nicht gerade. Sogar die wurden alt. Aber glücklicherweise war das nicht wichtig.

»Mhm. Das riecht ja verführerisch. Lass mich raten! Rehbraten mit Semmelknödeln und Preiselbeerbirnen?«

Irene, die gerade dabei war, die köstliche Rehsoße einzudicken, nickte.

»Genau. Deine Nase ist einmalig, mein Lieber. Aber immerhin bist du ja Kriminalinspektor… Deckst du bitte auf!«

Meierhofer räumte die Gmundner Keramik-Teller aus dem Küchenschrank. »Herinnen oder draußen?«

Irene war schwer beschäftigt. Sie kochte für ihr Leben gerne, aber kurz vor dem Servieren kam sie immer in furchtbaren Stress. Dabei hieß es immer, dass Frauen so gute Multitaskerinnen waren.

Leicht gestresst antwortete Meierhofers bessere Hälfte also: »Lieber herinnen. Erstens ist es draußen immer noch furchtbar heiß, und außerdem glaube ich, dass wir ein Wespennest in der Gartenhütte haben. Darum muss ich mich morgen kümmern. Du weißt schon, wegen Lukas.«

Lukas war schon von klein auf Allergiker. Er reagierte auf ziemlich alles allergisch: Pollen, Tierhaare und leider auch auf Bienen- und Wespengift. Zwar hatten sie immer ein Notfallset zuhause, aber in die Lage, es benutzen zu müssen, wollten weder er noch Irene kommen.

»Ich erledige das schon, Irene. Ich rufe nachher gleich den Pöllauer an. Der soll die Viecher umbringen.«

Meierhofer machte sich daran, den Tisch zu decken. Rehbraten bei sommerlichen Temperaturen. Das war etwas Ungewöhnliches. Wahrscheinlich hatte Irene wieder einmal vor, die Tiefkühltruhe von allem lästigen, älteren Zeug zu befreien, bevor die heurigen Erträge ihres stattlichen Gemüsegartens hineinkommen würden. Platz hatten sie in dem Ding ohnehin immer zu wenig. Aber das ging wohl allen so.

Als Hans Meierhofer zehn Minuten später ein flaumiges Stück Semmelknödel in die sämige, helle Soße tunkte, in der Kapern und eine Menge frischer Kräuter schwammen, war er das erste Mal an diesem Tag so richtig glücklich. Obwohl, das stimmte ja gar nicht, eigentlich das zweite Mal. Anna Goldschmieds Kaffee war ein ähnlich berauschendes Geschmackserlebnis gewesen. Eine Viertelstunde lang aßen sie stillschweigend. Nach einem langen Arbeitstag brauchte Meierhofer diese Ruhe oft, um wieder herunterzukommen. Irene wusste das. Und sie gewährte ihm diesen Luxus, obwohl sie ihn wahrscheinlich lieber in ein Gespräch verwickelt hätte.

Nachdem Meierhofer den letzten Schluck seines alkoholfreien Biers genommen hatte, begann Irene die Konversation: »Und, wie geht es voran? Seid ihr schon weitergekommen?«, fragte sie zunächst vorsichtig.

Meierhofer, der gerade überlegte, ob der zweite Knödel bei dieser Schweinehitze nicht doch ein wenig zu viel gewesen war, zuckte mit den Schultern.

»Ein bisschen schon, aber der durchschlagende Erfolg ist leider noch nicht in Sicht. Uns fehlen einfach viel zu viele Puzzleteile.

Wir wissen zwar jetzt, dass dieses Selbstmordopfer, diese Magdalena Bergherr, und Paul Simmlinger, das ist der Campingplatz-Amokläufer, vor vielen Jahren einmal ein Paar gewesen sind, aber das allein bringt uns nicht wirklich weiter.«

Irene, die gerade ein Stück Knödel in literweise Soße ertränkte, runzelte die Stirn. Meierhofer beobachtete seine Frau schmunzelnd. Dieses sich am Ende der Mahlzeit noch einmal ein bisschen was Nachzunehmen war auch eine ihrer Macken. Immer dann, wenn alle anderen mit dem Essen fertig waren, genehmigte sie sich noch ein paar Bissen. Er selbst war da ganz anders. Er fraß sich auf einmal voll und konnte dann stundenlang nichts mehr hinunterbekommen. Außer vielleicht eine sündhaft gute Nachspeise.

Irene ließ einen weiteren Happen in ihrem Mund verschwinden. Nachdem sie runtergeschluckt hatte, meinte sie: »Heute war übrigens die Theresa Reisinger bei mir.«

Meierhofer musste kurz überlegen: »*Reisinger? Reisinger?*«

Er riet einfach: »Die Lehrerin?«

Irene nickte. Hundert Punkte! Er war doch noch nicht senil.

»Ja, genau, die Volksschullehrerin. Sie geht übrigens bald in Pension. Ich glaube, sie freut sich schon darauf. Muss immer schwieriger für sie werden, mit den Kindern.« Meierhofer schmunzelte: »Na ja, möchtest du fünfundzwanzig Lukasse in einer Klasse sitzen haben?«

Irene und er vergötterten ihr Enkelkind, aber Lukas konnte ziemlich anstrengend werden. Marianne meinte immer, das lag daran, dass die heutigen Kinder anders wären als zu der Zeit, als sie noch ein Kind gewesen war. Angeblich lag das daran, dass die Kinder heute ganz anders aufwuchsen, vor allem, was die Reizüberflutung anging. Fernsehen, Internet, Computerspiele und das von klein auf. Die Welt war einfach schneller geworden, und so auch die Kinder. Meierhofer wusste ja nicht so recht, was er davon halten sollte. Vielleicht war etwas Wahres dran. Vielleicht waren Irene und er aber mittlerweile einfach zu alt für Kinder und hatten deshalb nicht mehr so gute Nerven.

Irene warf ihrem Mann einen entsetzten Blick zu.

»Wie kannst du so etwas nur sagen, Hans? Ich liebe Lukas über alles. Er ist ein großartiger Bub!«

Sie machte eine kurze Pause.

»Aber, wenn ich es mir genauer überlege. Mehr als zwanzig Kinder mit seinem Temperament in einem Raum, ich glaube, das würde ich auch nicht aushalten. In der Bibliothek ist es immer so schön ruhig. Ich glaube, so ein Klassenzimmer wäre nichts für mich. Aber die Theresa, die hat die Schule immer geliebt. Die war Lehrerin aus Leidenschaft, erst seit ein paar Jahren macht es ihr nicht mehr so viel Spaß, hat sie gemeint. Sie ist übrigens ganz schockiert, dass in der letzten Zeit so viele schreckliche Verbrechen passiert sind. Sie wohnt gar nicht weit von dem Campingplatz entfernt, auf dem sich euer Amokläufer ausgetobt hat. Das macht ihr ziemlich zu schaffen. Vor allem, weil ihre Schülerinnen und Schüler so schlecht mit der Sache umgehen können. Die wollen nun alles Mögliche von der Theresa wissen, und sie hat keine Ahnung, wie sie ihnen die Sache erklären soll. Ist ja auch unglaublich, dass so etwas in unserer Gegend passiert. Deine drei wahnsinnigen Verbrecher waren ja immerhin auch einmal nette, kleine Volksschüler. Unvorstellbar, was aus unschuldigen Kindern später mal werden kann.«

Meierhofer konnte beinahe körperlich fühlen, wie ihm ein Licht aufging. Er fuhr sich nervös durch den Bart. Mein Gott, wie blöd war er gewesen, dass er diese Möglichkeit bis jetzt überhaupt noch nicht in Betracht gezogen hatte?! Stefano Staudinger war allerdings auch nicht auf die Idee gekommen, dass das die Verbindung zwischen dem Simmlinger, dem Hüberl, dem Dornmann und der Bergherr sein konnte. Die vier waren alle Baujahr 1971! Warum hatte er nicht früher daran gedacht!?

»Irene, entschuldige bitte, aber ich muss nochmal weg! Du hast mich da gerade auf etwas gebracht.«

Irene legte die Stirn in Falten. Sie war nicht gerade glücklich darüber, dass sie den Abend wieder einmal allein verbringen würde.

»Wenn's unbedingt sein muss. Aber denk' daran, was deinem Vater passiert ist, Hans! Übernimm dich nicht!«

Meierhofer ignorierte das *Denk' daran, was deinem Vater passiert ist!*, stattdessen stand er auf, um zu Irene rüber zu gehen und sie kräftig zu drücken. Die war verblüfft.

»Na, na, was sollen denn diese unverhofften Liebesbekundungen? Ist etwa schon Weihnachten?«

Hans Meierhofer schmunzelte.

»Nein, glücklicherweise nicht. Wenn es bei uns zu Weihnachten einmal draußen dreißig Grad im Schatten hat, dann wandere ich endgültig aus. Weihnachten ist noch nicht, aber du hast mir gerade ein einmaliges Geschenk gemacht, Irenchen. Weißt du, wir klugen Kriminalbeamten haben den ganzen Tag versucht, herauszufinden, welche Verbindung zwischen Paul Simmlinger, Helmut Hüberl, Mario Dornmann und Magdalena Bergherr bestanden hat. Woher sie sich kannten, was sie miteinander zu tun hatten, und wir haben nichts gefunden. Bis auf die Beziehung zwischen der Bergherr und dem Simmlinger haben wir nichts gefunden! Aber du, du hast mich jetzt auf eine Idee gebracht. Wenn das stimmt, was ich vermute, hast du uns in unseren Ermittlungen gerade einen großen Schritt weiter gebracht, Schatz! Danke!«

Irene verstand nur Bahnhof, trotzdem genoss sie die unerwartete Umarmung.

»Du bist ein Schatz, Irene. Wenn ich dich nicht hätte!«

»Dann hättest du eben eine Andere«, ergänzte Irene keck.

Meierhofer lächelte.

»Aber keine wie dich. Eine wie dich gibt's kein zweites Mal.«

Nachdem er Irene wieder freigegeben hatte, überlegte der Chefinspektor, ob er seinem Kollegen Staudinger Bescheid geben sollte. Doch schließlich entschied er sich dagegen. Staudinger hatte sich seinen Feierabend redlich verdient. Außerdem war es vielleicht besser, wenn er sich allein aufmachte, um zu überprüfen, ob das, was er vermutete, den Tatsachen entsprach. Dann würde wenigstens nur er frustriert sein, wenn es doch nicht so war.

17

»Guten Abend, Frau Goldschmied. Entschuldigen Sie bitte, dass ich Sie um diese Zeit noch einmal störe, aber ich hätte da ein paar dringende Fragen an Sie«, sagte Meierhofer so freundlich wie möglich, als ihm Anna Goldschmied ein wenig später die Tür öffnete.

»*Außerdem hätte ich gerne eine Tasse Ihres traumhaften Kaffees!*«, ergänzte Meierhofers Gehirn.

Anna Goldschmied, die einen seidenen, dunkelblauen Bademantel trug, lächelte Meierhofer freundlich an.

»Kein Problem, Herr Inspektor. Kommen Sie nur herein! Ich war gerade dabei, mir einen Kaffee zu machen. Wollen Sie auch einen?«

»*Juhu!*«

»Gerne, wenn es keine Mühe macht.«

Als Meierhofer wenig später auf Anna Goldschmieds roter Couch saß, hatte er beinahe ein schlechtes Gewissen. Er hatte Irene allein gelassen und saß nun einer bildschönen, jungen Frau gegenüber, die außer einem verführerischen Bademantel wahrscheinlich nichts trug, und genoss eine Tasse Kaffee. So gut durfte Arbeit sich eigentlich nicht anfühlen.

»Also, Herr Inspektor, was führt Sie zu mir? Ich nehme an, es ist nicht nur das Kaffeegeheimrezept meiner Oma.«

Meierhofer schmunzelte.

»Nein, obwohl ich zugeben muss, dass Ihr Kaffee unwiderstehlich ist.«

Der Chefinspektor spürte, wie er ein wenig rot wurde.

Rasch setzte er nach: »Nein, es geht natürlich um die laufenden

Ermittlungen. Ich wollte Sie fragen, ob Sie mir etwas über die schulische Laufbahn Ihres ehemaligen Lebensgefährten erzählen können. Es ist wirklich wichtig, glauben Sie mir.«

Anna Goldschmied schien ein wenig erstaunt zu sein, dass Meierhofer von ihr wissen wollte, in welche Schulen Paul Simmlinger gegangen war. Sie überlegte eine Weile und antwortete dann: »Was die Volksschule angeht, bin ich mir nicht so sicher. Ich glaube, Paul ist in irgendeine kleine Wachauer Dorfvolksschule gegangen, aber in welche genau, weiß ich leider nicht. Danach ist er in ein Kremser Musikgymnasium gegangen, das weiß ich mit Sicherheit. Allerdings nur die vier Unterstufenjahre, weil er dann nach St. Pölten gewechselt hat, in die HTL.«

Ach ja, das mit der HTL wusste Meierhofer ja längst.

»Wissen Sie vielleicht, ob Herr Simmlinger Schuljahrbücher von früher hatte? Möglicherweise hat er sich die ja zur Erinnerung aufgehoben.«

Anna Goldschmied schüttelte ihren bildhübschen Kopf.

»Nein, nicht, dass ich wüsste. Allerdings haben wir uns auch nie genauer über Pauls Schulzeit unterhalten. Das hat mich nicht wirklich interessiert.«

Meierhofer nickte. Er machte Anstalten, aufzustehen, als Anna Goldschmied noch etwas einfiel.

»Eines weiß ich aber. Paul und diese Magdalena Bergherr sind miteinander ins Gymnasium gegangen, sogar in dieselbe Klasse. Zumindest die letzten zwei Jahre. Hilft Ihnen das weiter?«

Der Chefinspektor konnte sein Glück kaum fassen.

»Und wie mir das weiterhilft. Danke, Frau Goldschmied, Sie haben mir den Abend gerettet.«

»Gern geschehen, Herr Inspektor.«

Anna Goldschmied geleitete Meierhofer zur Haustür.

»Falls Sie mal Lust auf einen hervorragenden Kaffee haben sollten, können Sie mich jederzeit besuchen«, flötete sie, bevor sie Meierhofer die Tür öffnete.

Der Chefinspektor errötete erneut ein wenig.

»Danke, aber ich kenne ja mittlerweile Ihr Familiengeheimnis, zumindest, was den Kaffee angeht«, antwortete er verlegen.

Dann eilte er zu seinem blauen Espace. Er wusste, wo er als Nächstes hin musste.

*

»Opa! Was machst du denn hier!?«, rief Lukas begeistert, als er seinem Opa die Tür öffnete.

»Für Sie, Chefinspektor Meierhofer bitte, junger Mann! Ich bin nämlich im Dienst«, antwortete Meierhofer schmunzelnd.

»Cool, hast du dann auch deine Pistole dabei?«, fragte Lukas begeistert.

In diesem Moment betrat Marianne das Vorhaus ihres kleinen Reihenhäuschens.

»Papa, was machst du denn hier!?«, fragte sie erstaunt.

»Für dich Chefinspektor Meierhofer, Mama. Opa ist nämlich im Dienst«, wies Lukas sie keck zurecht.

»Ab ins Bett, Frechdachs! Morgen ist wieder Schule!«, konterte Marianne im mütterlichen Befehlston.

Lukas verzog das Gesicht.

»Manno! Ich will auch wissen, was Opa will!«

»Mach, was deine Mutter dir sagt, Lukas! Du könntest mir ohnehin nicht helfen«, mischte Meierhofer sich ein.

Lukas salutierte übertrieben und schrie dann: »Jawohl, Herr Chefinspektor Meierhofer!«

Hans Meierhofer lachte, gab seinem Enkel einen Klaps auf den Hintern und sah ihm dabei zu, wie dieser die Stiegen hinauf in sein Zimmer lief. Als das obligate Türknallen ausblieb, rief Marianne: »Nicht lauschen, Lukas! Ab ins Bett!«

Ein weiteres »Manno!«, gefolgt von dem üblichen Türknallen, war die Konsequenz.

»So, jetzt komm aber erstmal mit, Papa! Magst du einen Kaffee?«

»Danke nein, mein Schatz. Ich habe heute schon jede Menge Kaffee gehabt. Ist Karl auch da?«

»Hier bin ich, Schwiegervater!«, dröhnte Karls tiefe Stimme aus der Richtung des Wohnzimmers, das für ein Reihenhauswohnzimmer unglaublich geräumig war.

Meierhofer ging in eben Selbiges und ließ sich auf den bequemen Lehnstuhl plumpsen, auf dem er immer saß, wenn er seine Tochter und ihre Familie besuchte. Dann legte er los: »Ich bin heute wirklich dienstlich hier. Ich brauche nämlich eure Hilfe.«

Marianne und Karl sahen einander verdutzt an. Dass der Chefinspektor sie in beruflichen Dingen konsultierte, kam nicht häufig vor.

»Was können wir für dich tun, Papa?«, fragte Marianne neugierig.

Marianne, die als Jugendliche eine Sporthauptschule besucht hatte, konnte ihm eigentlich gar nicht helfen. Es war Karl, dessen Hilfe er benötigte.

»Eigentlich brauche ich deine Hilfe, Karl.«

Meierhofer bemerkte die Spannung, die in der Luft lag. Diese Situation war wirklich eine äußerst Ungewöhnliche.

»Also, es geht um Folgendes: Du bist doch auch in das Musikgymnasium gegangen, in das Lukas zurzeit geht, oder?«

Karl nickte zustimmend.

»Allerdings, das bin ich.«

Meierhofer fuhr sich über seinen Vollbart, dann fragte er: »Hast du aus dieser Zeit noch irgendwelche Fotos oder Jahrbücher? Dieses Gymnasium bringt doch jedes Jahr ein Jahrbuch heraus, in dem alle Klassenfotos, die Lehrerfotos und so weiter drin sind, nicht wahr?«

Karl, der bereits aufgestanden war, nickte erneut.

»Ja, das tut es, und natürlich habe ich die Jahrbücher noch. Komm mit ins Arbeitszimmer, Schwiegervater!«

Meierhofer atmete erleichtert auf. Karl sammelte und dokumentierte alles akribisch, deshalb war er ihm auch sofort eingefallen, als er von Anna Goldschmied gehört hatte, dass Paul Simmlinger ein Kremser Musikgymnasium besucht hatte. Es gab nur ein Musikgymnasium in Krems, also musste es dasselbe sein, das auch Karl besucht hatte. Das Alter passte auch.

Mittlerweile waren sie in Karls Arbeitszimmer angekommen, das picobello aufgeräumt war. Auf einem Regal standen auch alle Jahrbücher aus Karls Gymnasialzeit, fein säuberlich aufgereiht, eines neben dem anderen.

»Welches Jahr interessiert dich denn?«, fragte Meierhofers Schwiegersohn gespannt.

Der Chefinspektor überlegte einen Moment. Wenn Paul Simmlinger 1971 geboren war und er die letzten beiden Jahre mit Magdalena Bergherr in eine Klasse gegangen war, dann mussten ihn eigentlich die Schuljahre 1984/85 und 1985/86 interessieren. Meierhofer griff nach dem 1984/85er-Jahrbuch. Als er es aufschlug, spürte er, wie ihm das Herz bis zum Hals klopfte. Würde sich seine Vermutung bestätigen?

»Wenn du die Klassenfotos suchst, die sind ganz hinten«, warf Karl ein.

Meierhofer blätterte rasch zu den letzten Seiten. 1984/85 müssten Paul Simmlinger und Magdalena Bergherr in der dritten Klasse gewesen sein. Da war die 3a! Der Chefinspektor ging die Namen unter dem Klassenfoto durch, doch darunter war keiner, der ihm bekannt vorkam. Dasselbe Prozedere mit der 3b und der 3c – wieder nichts. Blieb nur noch die 3d. Schon als Meierhofer einen Blick auf das Foto der 3d warf, meinte er, ein paar bekannte Gesichter darauf zu entdecken. Rasch las er die Namen, die unter dem Foto standen. Und tatsächlich: Magdalena Bergherr, Mario Dornmann, Helmut Hüberl, Paul Simmlinger. Sie alle waren dabei! Es stimmte! Die vier waren miteinander zur Schule gegangen! Da hatte er nun endlich die Verbindung, nach der er so lange gesucht hatte!

Seine Freude schien dem Chefinspektor ins Gesicht geschrieben zu stehen.

»Hast du gefunden, was du gesucht hast, Papa?«, fragte Marianne, die schon als Kind sehr neugierig gewesen war.

»Ja, mein Schatz, das habe ich! Danke, Karl! Tausend Dank! Dank dir weiß ich nun endlich, was unsere Verdächtigen miteinander verbindet.«

Karl schlug sich entsetzt auf die Stirn.

»Ach, du lieber Himmel! Ich wollte dich doch längst anrufen. Mir ist gestern nämlich eingefallen, woher ich die Namen Simmlinger, Hüberl und Dornmann kenne. Die drei waren in der Schule eine Klasse unter mir. Aber ich schätze, das hast du mittlerweile selbst rausgefunden.«

Meierhofer brach in schallendes Gelächter aus, in das Karl und Marianne einfielen. Das Leben ging tatsächlich seltsame Wege. Da hatte er tagelang erfolglos nach einer Verbindung zwischen den Verdächtigen gesucht, und jetzt das!

Als sich die drei wieder beruhigt hatten, nahm Karl noch einmal das Jahrbuch in die Hand. Er zeigte auf einen unscheinbaren Buben, der auf dem Klassenfoto neben Paul Simmlinger stand.

Dann erklärte er: »Das da ist übrigens der Teufel. Du weißt schon, der Mathematikprofessor, der Lukas das Leben so schwer macht. Er unterrichtet heute in dem Gymnasium, das er selbst besucht hat. Witzig, nicht wahr?«

18

Am nächsten Morgen war Chefinspektor Meierhofer der erste Kriminalbeamte, der in der Außenstelle des Landeskriminalamts Niederösterreich anzutreffen war. Er hatte am Vorabend zwar überlegt, ob er Gruppeninspektor Staudinger noch anrufen sollte, sich aber letztendlich dagegen entschieden. Es genügte, wenn er eine schlaflose Nacht haben würde, er musste Staudinger nicht dasselbe zumuten. Eine schlaflose Nacht, die hatte er erstaunlicherweise nicht gehabt. Wahrscheinlich war er einfach zu todmüde gewesen, als er nach seinem Besuch bei Karl und Marianne endlich ins eheliche Bett gefallen war, in dem Irene bereits tief und fest geschlafen hatte.

Meierhofer blickte auf das Foto aus dem Schuljahrbuch, das er kopiert und auf einer der Pinnwände befestigt hatte. Mit neongelbem Leuchtstift hatte er darauf den Namen der Professorin markiert, die der Klassenvorstand von Paul Simmlinger, Magdalena Bergherr, Helmut Hüberl und Mario Dornmann gewesen war, oder sagte man in diesem Fall Klassenvorständin? Wie auch immer, Mag. Margaretha Rosenberger war die Dame, der er einen Besuch abstatten wollte. Wenn die mittlerweile sicher längst pensionierte Lehrerin noch lebte. Sie sah auf dem Klassenfoto nämlich nicht mehr ganz taufrisch aus.

Meierhofer fuhr sich nervös durch seinen Bart, als er darauf wartete, dass der Computer endlich startbereit war. Dauerte dieses Hochfahren immer so lange? Der Chefinspektor beschloss, sich einstweilen einen Kaffee zu machen.

Als er wenig später, mit einer kitschigen *Hans*-Kaffeetasse in der Hand, die er irgendwann einmal von Kollegen zum Geburtstag bekommen hatte, am Computer saß, war dieser glücklicherweise längst hochgefahren. Rasch gab Meierhofer die URL der herold.at-Seite ein und tippte Margaretha Rosenberger in das Suchfeld, wobei er inständig hoffte, dass diese Professorin noch am Leben war.

Tatsächlich! In Österreich gab es gleich mehrere Margaretha Rosenbergers, die wohl alle noch am Leben waren. Aber nur eine von ihnen lebte in der Nähe von Krems, genauer gesagt in Stratzing, einem kleinen Weinbauort im Waldviertel, der zum Bezirk Krems-Land zählte, und der nur etwa zehn Autominuten vom Kremser Stadtzentrum entfernt war.

Meierhofer kannte Stratzing gut. Einerseits, weil Irene und er dort Freunde hatten, mit denen sie gerne die zahlreichen großartigen Heurigen besuchten, die es in dem kleinen Ort gab, und andererseits, weil er mit Lukas schon mehrere Male den dortigen Eiszeitwanderweg besucht hatte, vor allem des Bogenschießens wegen. Aber natürlich war der Stratzinger Eiszeitwanderweg auch aus geschichtlichen Gründen interessant. Vor etwa zwanzig Jahren hatte man in der Nähe des Ortes nämlich im Rahmen von Grabungsarbeiten für einen Wasserbehälter eine steinerne, weibliche Venusfigur gefunden, die Fanny, die mit ihren über 30.000 Jahren das älteste steinerne Kunstwerk der Welt war. Stratzing war also durchaus ein Ort von geschichtlicher Bedeutung und ein wunderschöner noch dazu. Meierhofer wusste, was er als Nächstes zu tun hatte. Er wählte Margaretha Rosenbergers Telefonnummer. Kurz darauf saß er in seinem Espace und war auf dem Weg nach Stratzing.

*

Margaretha Rosenberger wohnte in einem kleinen Haus, das wohl Mitte des letzten Jahrhunderts erbaut worden war, und das seine besten Jahre somit auch schon hinter sich hatte. Trotzdem fand Meierhofer das Häuschen recht nett. Die ehemalige Gymnasialprofessorin, die wahrscheinlich um die siebzig Jahre alt war und im Vorgarten auf einer Holzbank saß, schien schon auf ihn gewartet zu haben. Der Chefinspektor begrüßte sie freundlich und folgte ihr ins Haus.

»Diese Schwüle. Nicht auszuhalten. Sogar jetzt am Vormittag ist es noch so heiß«, jammerte die pensionierte Lehrerin, als sie Meierhofer ins Wohnzimmer führte. Der hellgelb gestrichene Raum war überraschend modern, aber gemütlich eingerichtet, ganz anders, als Meierhofer es von außen erwartet hatte. Nachdem er auf einem großen Ledersessel Platz genommen und das ihm, trotz früher Stunde, angebotene Glas Stratzinger Wein dankend abgelehnt, dafür aber ein Glas eiskalten, gespritzten Stratzinger Traubensaft dankend entgegengenommen hatte, eröffnete Meierhofer das Gespräch.

»Vielen Dank, dass Sie sich so schnell dazu bereiterklärt haben, mit mir über Ihre ehemaligen Schüler zu sprechen.«

Margaretha Rosenberger, eine gutaussehende, alte Dame mit kurzem, schneeweißem Haar, lachte herzlich.

»Ich freue mich immer über Männerbesuch, Herr Inspektor. In meinem Alter ist dieser nämlich keine Selbstverständlichkeit mehr.«

Meierhofer schmunzelte und erwiderte charmant: »Aber geh'n S', das kann ich mir bei Ihnen beim besten Willen nicht vorstellen.«

Frau Mag. Margaretha Rosenberger schien geschmeichelt zu sein. Meierhofer bildete sich sogar ein, dass sie ein wenig errötete. Genau, wie er am Vorabend errötet war, als ihm Anna Goldschmied ein unmoralisches Angebot gemacht hatte. Wenn man die Einladung auf einen Kaffee als ein unmoralisches Angebot bezeichnen konnte. Der Chefinspektor verdrängte Anna Goldschmieds Gesicht wieder aus seinen Gedanken und fragte höflich: »Also, Frau Professor, darf ich gleich auf die vier zu sprechen kommen?«

Meierhofer wusste zwar, dass die Dame, die ihm gegenüber saß, eigentlich gar nicht den Titel *Professorin* trug, sondern eine Magistra war, er wusste aber auch, dass es in Österreich nie schaden konnte, wenn man Leute mit wohlklingenden Titeln ansprach, auch wenn sie diese eigentlich gar nicht verdienten. Warum auch immer, mit einem Titel angesprochen zu werden, schien dem Ego des Durchschnittsösterreichers beziehungsweise der Durchschnittsösterreicherin gut zu tun.

Die pensionierte Lehrerin nickte zufrieden und plauderte sofort drauflos: »Paul Simmlinger, Helmut Hüberl und Mario Dornmann waren von Anfang an in meiner letzten Klasse. Also in der letzten Klasse, in der ich die Funktion des Klassenvorstandes übernommen hatte. Deshalb kann ich mich auch noch so gut an die Kinder erinnern. Die erste und die letzte Klasse, die merkt man sich. Alle anderen dazwischen, die geraten leider allzu leicht in Vergessenheit. Manchmal ist das aber wohl auch besser so.«

Meierhofer merkte sofort, dass Frau Mag. Margaretha Rosenberger zu den Menschen gehörte, die sich selbst gerne reden hörten. Er würde das Gespräch in die richtige Richtung lenken müssen, wenn er etwas erfahren wollte.

»Waren sich die drei Burschen ähnlich, Frau Professor?«, fragte er also interessiert.

Die alte Dame schüttelte verneinend den Kopf.

»Absolut nicht! Die drei waren komplett unterschiedlich. Paul wurde von der ersten Klasse an jedes Jahr zum Klassensprecher gewählt. Er war klug, bekam stets gute Noten, hatte es aber auch faustdick hinter den Ohren. Er war das, was man als ausgefuchst bezeichnet. Man konnte ihm nie so recht trauen. Ein Engelchen, dem ab und zu ganz schöne Hörner wuchsen. Außerdem war er ein ziemlicher Mädchenschwarm.«

Meierhofer dachte an den blonden Schönling, der ihm erst vor kurzem in der Justizanstalt gegenüber gesessen hatte. Rosenbergers Beschreibung passte perfekt. Genau so hatte er sich Simmlinger als Kind beziehungsweise Jugendlichen vorgestellt.

Die Pensionistin fuhr fort: »Mario Dornmann war ganz anders. Er war ein wenig der Außenseiter der Klasse. Klein und dick, nicht besonders gescheit und auch nicht sehr motiviert. Mir hat er immer leid getan, weil er einen wirklich guten Kern hatte. Leider haben das die anderen nicht gesehen. Weder seine Mitschüler noch meine Kollegen. Mario war das, was man in Neudeutsch so schön einen Underdog nennt. Er hatte einfach nie die Chancen, die andere in seiner Klasse hatten. Trotzdem habe ich es geschafft, ihn durch die vier Jahre Unterstufe zu tragen, sprichwörtlich gemeint, natürlich, aber danach hat er aufgegeben. Er ist dann in die Polytechnische Schule gegangen, damals trug diese allerdings noch die Bezeichnung Polytechnischer Lehrgang. Fragen Sie mich nicht, warum man den Namen dieser Schulart geändert hat. Ich denke ja …«

Meierhofer hörte gar nicht wirklich hin, er dachte über das nach, was die ehemalige Lehrerin gerade über Mario Dornmann gesagt hatte. Das Bild des bulligen, kleinen, glatzköpfigen Fleischhauers erschien vor seinem inneren Auge. Das passte auch. Ein Verlierertyp, der jetzt mit aller Gewalt aus seinem Leben ausbrechen und alles anders machen wollte. Eine Tatsache, die Meierhofer allerdings nur zum Teil nachvollziehen konnte. Fleischhauer war doch ein durchaus ehrenwerter und angesehener Beruf.

»Na ja, aber mich fragt ja keiner.«

Der Chefinspektor konzentrierte sich wieder auf Frau Mag. Rosenbergers Worte.

»Und Helmut Hüberl? Wie war der so als Kind?«, fragte er schließlich neugierig, womit es ihm kurzfristig gelang, den Redefluss der alten Dame zu unterbrechen.

Margaretha Rosenberger lachte auf. Sie hatte ein warmes, freundliches Lachen.

»Der Helmut? Der Helmut war der Typ *gutmütiger Bär*. Er war der Größte in der Klasse, ziemlich massig, aber nicht dick. Er sah gefährlich aus, war aber eine Seele von einem Menschen. Er war sehr sozial, immer auf Frieden und das Ausbügeln von Konflikten aus. Streitereien konnte er überhaupt nicht leiden. Ich muss ehrlich gestehen, dass der Helmut einer meiner persönlichen Lieblinge war. Natürlich versucht man als Lehrerin, alle Schüler gleich gern zu haben und sie auch gleich zu behandeln, aber man ist halt auch nur ein Mensch.«

Chefinspektor Meierhofer schmunzelte. Er konnte sich gut vorstellen, dass Margaretha Rosenberger eine großartige Lehrerin gewesen war.

Er überlegte einen Moment, dann meinte er: »Also, wie das klingt, waren die drei komplett unterschiedliche Typen. Mochten sie sich sehr gerne?«

Die ehemalige Gymnasiallehrerin schüttelte vehement den Kopf.

»Überhaupt nicht. Die drei hatten kaum etwas miteinander zu tun. Mario war ja sowieso ein Außenseiter, Helmut suchte eher den Kontakt zu ruhigeren Burschen, verstand sich aber auch sehr gut mit den Mädchen. Er war für sie sicher ein Kumpeltyp. Na ja, und der Paul. Der hat sich ja nur mit der Elite abgegeben. Mit denen, die so beliebt waren wie er. Das waren vor allem Burschen aus den Parallelklassen. Lauter wilde Kerle. Meine Schüler waren nämlich nicht so wild, vom Paul abgesehen, sie waren die bravsten ihres Jahrganges, ganz der Klassenvorstand eben.«

Ein keckes Grinsen machte sich auf Margaretha Rosenbergers Gesicht breit, was die alte Dame beinahe jugendlich erscheinen ließ. Sie war eine beeindruckende Frau, auch wenn sie Meierhofer nicht unbedingt die Informationen geliefert hatte, die er zu bekommen gehofft hatte.

Der Chefinspektor legte die Stirn in Falten und fuhr sich durch seinen Vollbart. Schade, dass Simmlinger, Hüberl und Dornmann während ihrer Gymnasialzeit keine dicken Freunde gewesen waren und so einen Grund gehabt hätten, ihre Freundschaft möglicherweise bis in die Jetztzeit aufrechtzuerhalten. Das, was Margaretha Rosenberger ihm gerade erzählt hatte, ging ja in eine komplett andere Richtung. Meierhofers Neugier war noch nicht gestillt.

»Was mich jetzt noch interessiert, ist Magdalena Bergherrs Geschichte. Sie ist ja erst später in Ihre Klasse gekommen?«

Die Lehrerin nickte.

»Stimmt. Magdalena ist erst in der dritten Klasse zu uns gestoßen. Sie war ursprünglich auf einem Wiener Gymnasium, hatte dort aber sehr zu kämpfen. Unter uns gesagt, sie war ein entzückendes Mädchen, aber leider nicht besonders intelligent. Außerdem hatte sie eine Menge Probleme, eine schwere Kindheit eben. Scheidung und so weiter, deshalb ist sie schließlich auch mit ihrer Mutter von Wien nach Dürnstein gezogen. Wissen Sie, Herr Inspektor, damals war so eine Scheidung noch beinahe eine Seltenheit. Heute steht das ja auf der Tagesordnung, aber vor mehr als zwanzig Jahren war das noch etwas Besonderes. Ich habe mich sehr um die Magdalena gekümmert. Versucht, ihr einen guten Start in meiner Klasse zu sichern. Geholfen hat mir dabei, dass der Paul von Anfang an wohl ein wenig verschossen in sie war. Kein Wunder, immerhin war sie ein bildhübsches Mädel. Und wer den Paul auf seiner Seite hatte, der hatte es gut in meiner Klasse. Nur die anderen Mädchen waren wohl ein bisschen eifersüchtig. Die eine oder andere Stutenbissigkeit ist also nicht ausgeblieben. Magdalena hat sich aber trotzdem ganz gut bei uns gemacht. Ihre Noten gingen nach oben, und sie wirkte auch mit jedem Tag glücklicher und zufriedener. Schrecklich, dass sie jetzt nicht mehr ist. Ich kann es immer noch nicht glauben.«

Täuschte Meierhofer sich, oder bekam Margaretha Rosenberger tatsächlich wässrige Augen? Der Chefinspektor fasste in Gedanken noch einmal alles zusammen, was er gerade gehört hatte: Paul Simmlinger war ein ausgefuchster, cleverer, beliebter Mädchenschwarm gewesen, der wohl schon früh in die hübsche, nicht besonders intelligente, aus schwierigen Verhältnissen stammende Magdalena Bergherr verliebt gewesen war. Helmut Hüberl, der gutmütige, herzensgute Bär, und Mario Dornmann, der kleine, dicke Außenseiter, hatten kaum etwas miteinander und mit den beiden anderen zu tun gehabt. Wie half ihm das in seinem Fall, oder besser gesagt, in seinen Fällen weiter? Gar nicht. Eigentlich so gut wie gar nicht. Meierhofer wollte sich gerade von Margaretha Rosenberger verabschieden, als diese weitererzählte: »Wissen Sie, was ich sehr bedauere, Herr Inspektor?«

Der Chefinspektor fragte höflich, aber desinteressiert nach: »Nein, was denn, Frau Professor Rosenberger?«

Die alte Dame seufzte theatralisch und erklärte: »Dass ich vor einem Monat nicht dabei war. Aber ich konnte einfach nicht, mein Kreuz hat mir zu sehr zu schaffen gemacht. Es ist wahrlich ein Kreuz mit dem Kreuz.«

Meierhofer horchte auf.

»Was war denn vor einem Monat, Frau Professor?«

»Na ja, vor einem Monat war das Klassentreffen meiner ehemaligen Klasse. Der Klasse, in der Paul, Magdalena, Helmut und Mario waren. Die gesamte ehemalige 4d hat sich getroffen, bei einem malerischen Heurigen in Dürnstein, den einer meiner ehemaligen Schüler mit seiner Familie dort betreibt. Ich war als ehemaliger Klassenvorstand natürlich auch eingeladen, aber ich konnte leider nicht. Mein Kreuz hat mir damals arg zu schaffen gemacht, aber mittlerweile war ich auf Kur, jetzt ist es schon viel besser.«

Meierhofer konnte nicht glauben, was er da eben gehört hatte. Vor einem Monat hatte in Dürnstein ein Klassentreffen der ehemaligen 4d stattgefunden? Ein Klassentreffen, bei dem sie einander alle gesehen hatten. Magdalena Bergherr, Paul Simmlinger, Helmut Hüberl und Mario Dornmann? Na, wenn das keine gute Nachricht war.

»Wissen Sie vielleicht noch, wie der Heurige heißt, bei dem das Klassentreffen stattgefunden hat?«, fragte der Chefinspektor beinahe aufgeregt nach, während er in seiner Hosentasche nach dem Zettel und dem kleinen Bleistift kramte, die er seit Sonntag immer bei sich trug. Schließlich hatte er vor, sich in Zukunft alles aufzuschreiben, was er absolut nicht vergessen durfte.

Die pensionierte Lehrerin antwortete etwas pikiert: »Aber natürlich weiß ich das, Herr Inspektor. Ich bin zwar alt, aber keineswegs senil. Das Klassentreffen hat im Winzerhof Fischer stattgefunden. Der Besitzer des Winzerhofes, Leopold Fischer, war übrigens einer meiner besten Schüler damals.«

Winzerhof Fischer, Dürnstein notierte Meierhofer auf seinem Zettel, den er anschließend wieder kleinfaltete und in seine Hosentasche steckte. Dann reichte er der alten Dame die Hand und meinte: »Herzlichen Dank für Ihre Hilfe, Frau Professor Rosenberger. Sie haben mir wirklich sehr geholfen. Jetzt will ich Ihre Zeit aber nicht länger in Anspruch nehmen.«

»Was? Sie verlassen mich schon? Schade, es hat Spaß gemacht, mit Ihnen zu plaudern«, antwortete die pensionierte Gymnasiallehrerin lächelnd, während sie aufstand, um Meierhofer zur Tür zu begleiten.

»Wenn Sie wieder einmal in Stratzing sind, können Sie jederzeit bei mir vorbeischauen, Herr Inspektor«, flötete sie, während sie ihm zum Abschied noch einmal die Hand gab.

»Gerne, vielleicht komme ich auf Ihr Angebot zurück.«

Innerhalb von zwei Tagen hatte er zwei unmoralische Angebote bekommen. Das einer bedeutend jüngeren Frau und das einer bedeutend älteren. Vielleicht gehörte er ja doch noch nicht zum alten Eisen. Allerdings hatte er ohnehin schon die beste aller Frauen zuhause, also keinen Grund, auf eines der beiden Angebote einzugehen. Ein schönes Gefühl waren sie dennoch. Beinahe beschwingt setzte sich Meierhofer in seinen Espace, um zurück ins Büro zu fahren. Er kam der Lösung der Stimmen-Fälle immer näher. Spätestens jetzt war es an der Zeit, Gruppeninspektor Staudinger wieder mit ins Boot zu holen.

*

Warum hast du es noch nicht getan!? Worauf wartest du noch!? Wenn du noch lange damit wartest, ist es zu spät. Dann ist es zu spät dafür, sie einzusetzen. Sie, deine grandiose Schöpfung. Es ist zu spät! Zu spät, verstehst du!

Er versucht, sie einfach zu ignorieren. Die Stimmen, die nicht aufhören wollen, auf ihn einzureden. Sie sind lästig, diese Stimmen. Sie sind so lästig! Außerdem bringen sie ihn in unangenehme Situationen. Immerhin quatschen sie ständig dazwischen, stören ihn dann, wenn er es am wenigsten gebrauchen kann.

Von wegen stören, helfen wollen wir dir! Wir wollen dir doch nur helfen, endlich das Richtige zu tun. Du musst dich wehren! Du musst ihnen endlich einen Denkzettel verpassen! Sonst ist es zu spät. Zu spät, verstehst du!? Lange hast du nicht mehr Zeit. Du willst doch nicht wirklich auf den Herbst warten, oder?

Nein, auf den Herbst will er nicht warten. Er wird es schon durchziehen. Morgen vielleicht, oder übermorgen. Bald zieht er es durch. Bald.

Hoffentlich.

19

Als Meierhofer am frühen Vormittag wieder im Büro eintraf, wartete Staudinger bereits auf ihn – beinahe sehnsüchtig, wie es dem Chefinspektor schien.

»Wo kommen Sie denn her, Chef? Sie sehen ja aus, als hätten Sie bereits richtig gearbeitet«, fragte Staudinger mit einem freundlichen Lächeln im Gesicht. Er trug heute nur Grüntöne und hatte deshalb natürlich auch eine grüne Uhr am Handgelenk.

Meierhofer konnte es gar nicht erwarten, seinem Kollegen all die Neuigkeiten zu erzählen: »Ich komme gerade aus Stratzing, und ja, ich habe heute tatsächlich bereits richtig gearbeitet, Kollege Staudinger. Und Sie werden es nicht glauben. Ich bin gestern Abend und heute Morgen der Lösung unserer Fälle einen großen Schritt näher gekommen.«

Staudingers Gesichtsausdruck verfinsterte sich ein wenig.

»Gestern Abend, heute Morgen? Sie ermitteln in den Stimmen-Fällen weiter, ohne mir Bescheid zu geben? Ohne mich in die Ermittlungen mit einzubeziehen?«

Meierhofer war erstaunt. Staudinger war anscheinend ehrlich enttäuscht, dass der Chefinspektor allein weiter an der Aufklärung der Fälle gearbeitet hatte.

Rasch erklärte er: »Ich wollte Sie aber wirklich nicht übergehen, Kollege Staudinger, nein, ich dachte nur, als ich gestern Abend diese Idee hatte, dass Sie sich einen erholsamen Feierabend redlich verdient hätten. Na ja, und heute Morgen war ich einfach viel früher im Büro als alle anderen und, anstatt die Zeit nur mit Warten zu verbringen, dachte ich mir, ich ermittele lieber weiter.«

Staudinger schien immer noch ein wenig verschnupft zu sein,

meinte aber nach einer kurzen Pause: »Sie müssen sich doch nicht bei mir dafür entschuldigen, dass Sie allein weiterermittelt haben, Chef. Sie sind der Boss, ich spiele nur in der zweiten Liga.«

Chefinspektor Meierhofer konnte es nicht glauben. Staudinger war tatsächlich beleidigt. So hatte er den jungen Kriminalbeamten ja noch nie erlebt. Was konnte er tun, um die Sache wieder geradezubiegen? Auch wenn er einen höheren Dienstrang hatte als Staudinger und sich somit wirklich nicht für das, was er tat, vor diesem rechtfertigen musste, war ihm die Situation unangenehm. Er mochte den jungen Gruppeninspektor wirklich gerne, weshalb ihm ein gutes Arbeitsklima zwischen ihnen beiden äußerst wichtig war.

Er überlegte noch einen Moment, schließlich sagte er: »Jetzt habe ich aber ein richtig schlechtes Gewissen, Kollege Staudinger, dabei habe ich es gestern wirklich nur gut gemeint. Sie haben doch auch ein Recht auf ein Privatleben, und mein Verdacht war ja zunächst mehr als vage. Dass ich tatsächlich auf eine heiße Spur kommen könnte, habe ich ja nicht zu träumen gewagt, als ich das Haus verlassen habe.«

Meierhofer war knapp davor, ein kindliches *Sind wir wieder gut* anzubieten, als sich auf Staudingers Gesicht ein keckes Schmunzeln breitmachte.

»Jetzt habe ich Sie doch tatsächlich drangekriegt, Chef. Dachten Sie wirklich, dass ich eingeschnappt bin, nur weil Sie allein weiterermittelt haben? Ganz im Gegenteil, ich bin Ihnen sogar dankbar dafür. Ich hatte gestern Abend nämlich fürchterliche Kopfschmerzen und bin deshalb schon sehr früh eingeschlafen. Wahrscheinlich hätte ich Sie also ohnehin nicht begleiten können.«

Meierhofer war baff. Staudinger hatte nicht nur Humor, er war darüber hinaus auch ein hervorragender Schauspieler. Der Mann wurde ihm immer sympathischer.

»Aber jetzt erzählen Sie endlich, was Sie herausgefunden haben, Chef! Ich mache Ihnen einstweilen einen Kaffee, wenn Sie wollen.«

Meierhofer nickte zustimmend.

»In Ordnung. Also gut, dann erzähle ich Ihnen am besten alles der Reihe nach. Angefangen hat es damit, dass meine Frau gestern beim Abendessen eine ihrer Freundinnen erwähnt hat, die Lehrerin ist. Irgendwie kamen wir dann auf deren Schüler zu reden und so weiter und so fort, und dann plötzlich, aufgrund dieses ganzen Schulgeredes, ist es mir wie Schuppen von den Augen gefallen! Paul Simmlinger, Helmut Hüberl, Mario Dornmann und Magdalena Bergherr sind alle im gleichen Jahr geboren – vielleicht sind sie ja deshalb gemeinsam zur Schule gegangen und kannten einander noch aus ihrer Schulzeit.«

Staudinger schlug sich mit der Hand gegen die Stirn.

»Mein Gott, wie blöd waren wir, dass wir nicht früher auf diese Idee gekommen sind!?«

»Genau das habe ich mich auch gefragt, nachdem ich diese Erleuchtung gehabt habe. Ich bin also zu Anna Goldschmied gefahren und habe sie nach Paul Simmlingers schulischer Laufbahn gefragt. Sie hat mir verraten, dass er in der Unterstufe in ein Kremser Musikgymnasium gegangen ist, und zwar gemeinsam mit Magdalena Bergherr zumindest die letzten beiden Jahre. Daraufhin habe ich meine Tochter besucht, deren Mann ebenfalls Schüler dieses Kremser Musikgymnasiums gewesen ist. Der hat, wie ich gehofft hatte, noch jedes seiner Jahrbücher aus der Gymnasialzeit zuhause gehabt. Im 1984/85er-Jahrbuch bin ich schließlich fündig geworden. Simmlinger, Hüberl, Bergherr und Dornmann sind damals nämlich alle in die 3d des Gymnasiums gegangen.«

Staudingers braune Augen weiteten sich. Sie schienen noch größer zu werden, als sie es ohnehin waren.

»Tatsächlich? .... Wahnsinn!«, raunte er leise.

»Kurz und gut, heute Morgen, also eigentlich gerade eben, habe ich Frau Mag. Margaretha Rosenberger in Stratzing besucht. Sie war der Klassenvorstand unserer vier und hat mir eine Menge über ihre ehemaligen Schützlinge erzählt. Das Interessanteste an unserem Gespräch war allerdings, dass sie ein Klassentreffen erwähnt hat, das vor einem Monat in Dürnstein stattgefunden hat. Sie selbst konnte damals aus gesundheitlichen Gründen nicht an dem Treffen teilnehmen, aber ich weiß, wo es stattgefunden hat: im Weingut Fischer in Dürnstein. Und genau dort will ich jetzt hin, allerdings natürlich nicht ohne Sie, Kollege Staudinger.«

Staudinger blieb förmlich der Mund offen stehen.

»Unglaublich, Chef! Sie sind ja ein ganzes Stück weiter gekommen. Was mich aber noch interessieren würde: Was genau hat Ihnen diese Frau Mag. Rosenberger über Magdalena Bergherr, Mario Dornmann, Helmut Hüberl und Paul Simmlinger erzählt?«

Meierhofer griff nach der Kaffeetasse, die Staudinger ihm entgegenstreckte. Er nahm einen großen Schluck und antwortete dann: »Das erfahren Sie, sobald wir im Auto sitzen und auf dem Weg nach Dürnstein sind. Sie kommen doch mit, Herr Kollege, oder nicht?«

»Aber natürlich komme ich mit, Chef. Ab jetzt lasse ich Sie keine Sekunde mehr allein, zumindest während der Dienstzeit. Wer weiß, welche spannenden Entdeckungen Sie sonst noch ohne mich machen«, antwortete Staudinger grinsend. Dann schnappte er sich seinen Autoschlüssel.

»Heute fahre ich! Dürnstein, wir kommen!«

Meierhofer leerte die Kaffeetasse, so schnell er konnte. Dann folgte er seinem jungen Kollegen nach draußen. Hoffentlich würden sie in Dürnstein interessante Neuigkeiten erfahren. Hoffentlich würden sie damit der Klärung dieser ominösen Stimmen-Fälle einen weiteren Schritt näher kommen. Hoffentlich.

*

Sie waren auf dem Weg nach Dürnstein, und wieder einmal wurde Meierhofer bewusst, warum die Wachau es zu hundert Prozent verdient hatte, ein Weltkulturerbe zu sein.

Heute war einer dieser Tage, an denen das Sonnenlicht so auf die Donau einfiel, dass deren Wasser tatsächlich blau schimmerte. *An der schönen blauen Donau*, das passte heute. Als Meierhofer anfing, den Donauwalzer zu summen, warf ihm sein junger Kollege einen beinahe entsetzten Blick zu, also ließ er es besser wieder. Stattdessen sog er die Landschaft um sich förmlich in sich auf. Er musste heute ja nicht fahren, da hatte er endlich mal die Gelegenheit, sich deren Schönheit bewusst zu werden.

Eben noch hatte man linker Hand das Benediktinerstift Göttweig gesehen, das auf einem grünen, dicht bewaldeten Hügel thronte wie ein Märchenschloss, nun näherten sie sich bereits Dürnstein, dem Ziel ihrer Reise.

Als der Chefinspektor die Ruine Dürnstein sah, musste er wieder einmal daran denken, dass Richard Löwenherz dort gefangen gehalten worden war. Eigentlich unglaublich spannend, die Geschichte ihrer Region. Der blaue Kirchturm der Stiftskirche Dürnstein, der im Sonnenschein lag, machte das Bild des perfekten Touristen-Ausflugsziels komplett. Die Wachau war tatsächlich eine Perle, eine einzigartige, wunderschöne Perle. Schade, dass man das, wenn man hier lebte, oft nicht mehr bemerkte, dass man es gar nicht zu schätzen wusste, in der Idylle zu leben.

»Chef, geht es Ihnen gut? Ich hab' Sie was gefragt«, riss der Gruppeninspektor Meierhofer aus seinen Gedanken.

Meierhofer zuckte kurz zusammen. Er war so in seine Überlegungen vertieft gewesen, dass er alles um sich herum vergessen hatte. Anscheinend hatte er heute einen seiner philosophischen Tage, das kam bei ihm allerdings nur ein- bis zweimal jährlich vor. Sonst sah er das Leben eher nüchtern, trotz seiner Sensibilität.

»Wir sind da, Herr Chefinspektor. Sollen wir gleich mit der Befragung loslegen, oder wollen Sie vorher noch einen Kaffee trinken?«, setzte Staudinger nach.

Obwohl der Gedanke daran, bei diesem Traumwetter in einem Dürnsteiner Kaffeehaus einen Latte macchiato zu trinken und die Aussicht zu genießen, mehr als verführerisch war, antwortete Meierhofer: »Das war wieder einmal eine rhetorische Frage, nicht wahr, Herr Kollege? Wir haben nämlich keine Zeit zu verlieren, also lassen Sie uns diesen Heurigenwirten befragen.«

Staudinger schmunzelte. Natürlich hatte er es nicht ernst gemeint.

Vor dem großen, blauen Gebäude, auf dem ein beeindruckender Winzerhof Fischer-Schriftzug prangte, hing das typische Strohgebinde, das signalisierte, dass ausg'steckt war. Trotzdem ging Meierhofer davon aus, dass der Heurigenbetrieb erst gegen Mittag losging. Er sollte sich täuschen. Anscheinend gab es Leute, die sogar ihr Frühstück beim Heurigen einnahmen. Manche sogar samt dem obligaten Glaserl Wein.

Staudinger und Meierhofer wählten einen Tisch in einem ruhigen Eck des großen Raumes und warteten darauf, dass die Bedienung kommen würde. Die kam auch, in Gestalt einer Frau mittleren Alters, der jeden Moment ihr üppiger Busen aus der Dirndlbluse zu hüpfen drohte. Ein Anblick, den Touristen wohl erwarteten, wenn sie an die Wachau dachten.

»Grüß Gott, die Herren. Was kann ich Ihnen bringen?«, fragte die Kellnerin freundlich.

Staudinger überlegte nicht lange: »Für mich bitte einen roten Traubensaft aufg'spritzt auf einen halben Liter. Und ein Surbratenbrot, bitte.«

Die Bedienung, die womöglich sogar die Heurigenwirtin war, machte sich keine Notizen, sondern blickte den Chefinspektor erwartungsvoll an.

»Und, was darf's für Sie sein, gnädiger Herr?«, fragte sie nach, als Meierhofer immer noch keine Anstalten machte, eine Bestellung aufzugeben.

Meierhofer, der bis jetzt nicht gemerkt hatte, wie hungrig er eigentlich war, blätterte in der überraschend umfangreichen Speisekarte des Heurigenlokals. Kaffee und Kuchen oder Traubensaft und etwas Deftiges? Er konnte sich einfach nicht entscheiden. Also entschloss er sich, einen Kompromiss einzugehen: »Bringen S' mir bitte zuerst eine halbe Portion Kümmelbraten und eine halbe Portion Geselchtes, dazu bitte einen weißen Traubensaft aufg'spritzt, auch auf einen halben Liter, und danach noch einen Kaffee und eine Winzerschnitte.«

Staudinger blickte seinen Chef amüsiert an, während die Kellnerin in Richtung Küche verschwand.

»Ihnen wird schlecht werden, Herr Chefinspektor«, meinte er schließlich schmunzelnd.

Meierhofer zuckte mit den Schultern.

»Ich hab' seit gestern Abend nichts gegessen. Mir wird schon nicht schlecht. Aber jetzt haben wir vor lauter Bestellen etwas Wichtiges vergessen, Herr Kollege.«

Staudinger verstand.

Laut rief er: »Fräulein!«

Kurz darauf stand ihnen die beeindruckende Bedienung wieder gegenüber.

»Können Sie uns vielleicht sagen, ob der Herr des Hauses, Leopold Fischer, zu sprechen ist? Wir sind von der Kriminalpolizei und hätten ein paar wichtige Fragen an ihn.«

Meierhofer zog seinen Dienstausweis aus der Tasche, Staudinger hielt seinen bereits in den Händen.

»Hat er was ang'stellt, der Herr des Hauses? Ist übrigens mein Mann, und eigentlich bin ja ich die Chefin hier«, lachte die Bedienung, die, wie Meierhofer richtig vermutet hatte, die Heurigenwirtin und Winzergattin war.

»Ich hol' Ihnen den Leo. Warten S' ein bisserl. Aber vorher kriegen S' noch Ihr Essen«, ergänzte sie schließlich freundlich.

Staudinger und Meierhofer waren bereits dabei, ihr ungewöhnliches zweites, in Meierhofers Fall sogar das erste, Frühstück zu verdrücken, als ein attraktiver, dunkelhaariger, schlanker Mann um die Vierzig das Lokal betrat. Das war Leopold Fischer, ganz klar.

»Guten Tag, die Herren. Sie wünschen mich zu sprechen?«, sagte der Winzer, während er sich zu den beiden an den Tisch setzte.

»Allerdings, das wünschen wir«, antwortete Meierhofer, der erstaunt war, dass der Winzer in absolut dialektfreiem Hochdeutsch sprach. Aber wahrscheinlich musste man das heutzutage als Topwinzer, weil man ja Geschäftskontakte in alle Herren Länder pflegte und Touristen aus aller Welt zu Besuch hatte.

Staudinger, der sein Brot bereits gegessen hatte, übernahm: »Es geht um Paul Simmlinger, Helmut Hüberl, Mario Dornmann und Magdalena Bergherr und um das Klassentreffen, das vor einem Monat hier bei Ihnen stattgefunden hat.«

Leopold Fischer nickte bedächtig. Er schien nicht im Geringsten überrascht zu sein. Anscheinend hatte er mit so etwas gerechnet.

»Das dachte ich mir schon. Hat sich natürlich längst herumgesprochen, wer hinter diesen grauslichen Verbrechen steckt. Und das mit der Magdalena, dieser Selbstmord, der ist natürlich auch schlimm.«

»Waren bei diesem Klassentreffen wirklich alle ehemaligen 4d-Schüler anwesend? Also auch die vier vorhin Genannten?«, fragte Meierhofer nach.

»Allerdings, das waren sie. Sogar ein ehemaliger Schulkollege, der nach Kanada ausgewandert ist, war da, weil er gerade auf Heimaturlaub war. Wir waren tatsächlich vollständig, damit hatte ich nicht annähernd gerechnet, als ich mich an die Organisation des Treffens gemacht habe.«

Staudinger und Meierhofer blickten einander an. Das war ja schon mal ein Erfolg. Die drei Verdächtigen und Magdalena Bergherr hatten einander also tatsächlich vor einem Monat gesehen.

Nun ergriff Staudinger wieder das Wort: »Ist Ihnen bei dem Treffen irgendetwas aufgefallen?«

Der attraktive Winzer überlegte eine Weile und meinte dann: »Ja, da war schon etwas. Wissen Sie, der Mario, der Helmut und der Paul haben sich während unserer Schulzeit überhaupt nicht leiden können. Aber beim Treffen, da sind sie die ganze Zeit aufeinander gepickt. Sie, die Magdalena und noch zwei andere. Hier, an diesem Tisch. Wir, also der Rest der Klasse, waren aber dort drüben. Ich hab' das Gefühl gehabt, dass die sechs etwas zu verbergen gehabt haben. Getuschelt haben sie die ganze Zeit. Ganz leise und geheimnisvoll. Irgendetwas war daran wirklich faul, vor allem, weil sich die ja alle nicht besonders gemocht haben, während unserer Schulzeit, vom Paul und der Magdalena mal abgesehen. Die waren ja schon damals ganz ineinander verschossen.«

»Wieso schon damals? Glauben Sie, da war wieder was?«, hakte Meierhofer nach.

Leopold Fischer zuckte mit den Schultern.

»Keine Ahnung. Möglich wär's schon, sie haben sich zumindest den einen oder anderen heißen Blick zugeworfen, die zwei.«

»Wissen Sie noch, wer die anderen zwei waren, die sich an diesem Abend mit unseren vieren an diesen Tisch verzogen haben?«, fragte Staudinger nach, dem die Spannung ins Gesicht geschrieben stand.

»Sicher weiß ich das noch. Das waren die Silvia und der Gabriel.«

»Können Sie uns über diese Silvia und diesen Gabriel ein bisschen mehr erzählen? Wie heißen sie denn mit Nachnamen?«, forschte Meierhofer ungeduldig nach.

Der gutaussehende Winzer dachte einen Moment nach, dann antwortete er: »Die Silvia hat ledig Zorn geheißen. Ich glaube, sie war ganz froh, dass sie durch die Hochzeit ihren Namen ändern konnte. Der fällt mir jetzt aber partout nicht ein, ich habe nämlich die Einladung zum Treffen an ihre Eltern geschickt, weil ich eben nicht wusste, wie sie verheiratet heißt. Aber ich finde das für Sie heraus, meine Herren. Lassen Sie mir einfach eine Karte da, damit ich mich bei Ihnen melden kann, wenn ich mehr weiß. .... Na ja, und den Gabriel, den kennt in unserer Gegend jeder. Wir haben ihn ganz schön damit aufgezogen, dass er jetzt in dem Gymnasium unterrichtet, das wir selbst besucht haben.«

Meierhofer wurde heiß und kalt.

»Dieser Gabriel heißt doch nicht etwa Teufel mit Nachnamen?«

»Doch, der Teufel Gabriel. Genau der ist es.«

20

Auf dem Weg zurück ins Büro sprach Meierhofer zunächst kein Wort. Ein wahres Gedankenwirrwarr hatte sich in seinem Kopf breitgemacht.

»Was ist los mit Ihnen, Chef? Ist Ihnen schlecht von dem vielen Essen?«, fragte Staudinger ein wenig besorgt, da er die Nachdenklichkeit seines Chefs falsch interpretierte.

Der Chefinspektor, der sich seit ein paar Minuten laufend mit der rechten Hand durch seinen Vollbart fuhr, schüttelte den Kopf.

»Nein, vom Essen ist mir nicht schlecht, aber von dem, was wir gerade gehört haben. Dieser Gabriel Teufel, der ist ein Lehrer meines Enkels Lukas. Lukas hat mir vor ein paar Tagen erzählt, dass dieser Teufel in der letzten Zeit ständig grantig und launisch ist. Das macht mir Sorgen.«

Der Gruppeninspektor bremste seinen Sportwagen etwas herunter, weil er eine Radarstreife am Straßenrand entdeckt hatte. Es gab für einen Kriminalbeamten kaum etwas Unangenehmeres als in eine Radarfalle der uniformierten Kollegen zu geraten.

Dann meinte er: »Glauben Sie etwa, dass dieser Teufel auch Stimmen hört?«

Meierhofer schluckte laut, bevor er antwortete: »Möglich wäre es, denken Sie nicht auch? Stellen Sie sich vor, der Teufel hört auch Stimmen, Teufelsstimmen sozusagen, und zuckt genauso aus, wie Simmlinger, Hüberl und Dornmann es gemacht haben. Immerhin ist der Typ Lehrer. Jemand, der auf unschuldige Kinder losgelassen wird. Das gefällt mir nicht. Das gefällt mir überhaupt nicht.«

Staudinger versuchte, Meierhofer ein wenig zu beruhigen: »Machen Sie sich keine allzu großen Sorgen, Chef, dass dieser Gabriel Teufel bei dem Klassentreffen mit Paul Simmlinger, Helmut Hüberl, Magdalena Bergherr und Mario Dornmann ins Gespräch gekommen ist, heißt noch lange nicht, dass er ebenfalls Stimmen hört.«

»Sie vergessen, dass mir mein Enkel von seiner Launenhaftigkeit erzählt hat. Ist doch auch ein Anzeichen dafür, meinen Sie nicht?«

»Was glauben Sie, wie viele Lehrer es da draußen gibt, die grantig und launenhaft sind. Deshalb hören die aber noch lange nicht alle irgendwelche ominösen Stimmen. Um diese Jahreszeit waren etliche meiner Lehrer auch immer noch ein bisschen grantiger als sonst. Ferienreif eben.«

Meierhofer schüttelte vehement den Kopf.

»Nein, nein. Hier geht es nicht darum, dass irgendjemand einfach nur urlaubsreif ist. Außerdem ist er mit den anderen bei dem Klassentreffen nicht nur ins Gespräch gekommen. Denken Sie daran, was Leopold Fischer uns erzählt hat! Sie haben miteinander getuschelt. Leise und geheimnisvoll.«

»Vielleicht haben Sie nur die anderen ausgerichtet. So nach dem Motto *Schau dir die an, die ist aber blad geworden* oder *Der hat ja gar keine Haare mehr auf dem Kopf*. Haben Sie noch nie auf einem Klassentreffen ehemalige Mitschüler ausgerichtet?«, meinte Staudinger betont locker.

»Nein, das habe ich tatsächlich noch nie gemacht. Außerdem glauben Sie doch selber nicht, was Sie da gerade erzählen, Kollege Staudinger.« Nach einer kurzen Pause fügte Meierhofer entschlossen hinzu: »Wir müssen herausfinden, wer diese Silvia ist!«

Staudinger stieg wieder aufs Gas. Die Radarfalle hatten sie nun schon weit hinter sich gelassen.

»Glauben Sie, sie ist der Schlüssel zu unserem Rätsel?«

»Vielleicht. Möglicherweise kommen wir durch sie darauf, was hinter den gefährlichen Stimmen steckt. Außerdem wissen wir ja nicht, ob sie nicht auch Stimmen hört. Wäre doch leicht möglich, dass sie ebenfalls eine Gefahrenquelle ist.«

Stefano Staudinger legte die Stirn in Falten.

»Möglich wäre es natürlich. Was denken Sie, worüber die sechs beim Klassentreffen gesprochen haben? Denken Sie, es geht doch um illegale Drogen?«

Chefinspektor Meierhofer wusste selbst nicht so recht, was er glaubte.

»Keine Ahnung. Eigentlich habe ich gedacht, dass die Drogen-Theorie gestorben ist, aber so sicher bin ich mir da nicht mehr. Vielleicht haben die sechs ja eine Drogenparty geplant. Möglicherweise hatte einer von ihnen gute Quellen, also die richtigen Kontakte, um relativ einfach an illegale Drogen zu gelangen.«

Die Falten auf Staudingers Stirn wurden noch tiefer.

»Ich weiß nicht. Eine illegale Drogenparty, die auf einem Klassentreffen geplant wurde? Klingt irgendwie unwahrscheinlich.«

Meierhofer zuckte mit den Schultern.

»Solange wir keine bessere Idee haben, müssen wir wohl in diese Richtung ermitteln. Jetzt lassen Sie uns aber erstmal herausfinden, wer diese Silvia, ledig Zorn, ist! Und dann statten wir ihr und diesem Gabriel Teufel einen Besuch ab. Am besten getrennt voneinander. Damit wir keine Zeit verlieren!«

Staudinger parkte seinen Sportwagen vor der Außenstelle des Landeskriminalamtes. »Gut, lassen Sie es uns so machen.«

*

Sehr gut, du hast sie dabei. Im Auto. Hol' sie doch endlich raus! Noch ist es nicht zu spät. Noch nicht. Du kannst es schaffen. Du musst es durchziehen!

Er überlegt einen Moment, nächste Stunde hat er Zeit. Dann kann er rausgehen und sie reinholen. Dann kann er es durchziehen, wenn er sich traut. Vielleicht traut er sich dieses Mal sogar. Vielleicht nimmt er sie heute nicht wieder mit nachhause.

Natürlich traust du dich! Du wirst es ihnen allen zeigen. Heute wirst du es ihnen zeigen.

*

Meierhofer und Staudinger warteten auf einen Anruf. Auf einen Anruf von Leopold Fischer. Er hatte ihnen versprochen, so schnell wie möglich alles daran zu setzen, den Nachnamen dieser Silvia herauszufinden. Meierhofer wusste nicht genau, warum, aber sein Bauch sagte ihm, dass sie in dieser Sache eine Rolle spielte. Genau wie Gabriel Teufel. Das machte ihm Angst. Große Angst. Was, wenn der Lehrer ebenfalls Stimmen hörte? Wie hatte Lukas ihn beschrieben? Als dauernd grantig. Das war kein gutes Zeichen. Allerdings hatte Staudinger vielleicht recht, und manche Lehrer waren kurz vor Schulschluss dauernd grantig, weil sie keine Nerven mehr hatten? Meierhofer strich sich über den Vollbart. Er bildete sich möglicherweise alles ein. Kein Grund, sich Sorgen zu machen. Oder doch? Nachdem Leopold Fischers Anruf noch auf sich warten ließ, beschloss der Chefinspektor, sich einen weiteren Kaffee zu machen. Staudinger saß gerade am Computer und suchte verzweifelt nach möglichen Quellen dieser Stimmen. Nach ähnlichen Fällen, die sie möglicherweise weiterbringen konnten.

Eine Viertelstunde später läutete endlich sein Mobiltelefon. Meierhofer ging nervös ran. Es war, wie der Chefinspektor gehofft hatte, Leopold Fischer.

»Guten Tag, Herr Fischer, danke, dass Sie sich so beeilt haben. Haben Sie etwas herausgefunden? … Tatsächlich!? … Höllmayer, ist notiert. Danke, Herr Fischer, Sie haben uns sehr geholfen.«

Meierhofer legte auf. Staudinger blickte ihn gespannt an.

»Höllmayer, diese Silvia heißt mit Nachnamen Höllmayer. Leopold Fischer hat einige seiner ehemaligen Klassenkameraden angerufen, nachdem er Silvia Höllmayers Eltern nicht erreicht hat, und so schließlich ihren Nachnamen herausgefunden. Er hat übrigens darüber hinaus noch erfahren, dass Silvia Höllmayer eine Frau Doktor ist und mit einem Nikolaus Höllmayer verheiratet ist. Mehr konnte er mir allerdings auch nicht sagen. Was meinen Sie, Kollege Staudinger, bringt uns das weiter?«

Staudinger nickte zufrieden.

»Das bringt uns mit Sicherheit weiter, Chef. Mit Sicherheit … Ich habe Ihnen übrigens noch gar nicht von Magdalena Bergherrs Blut- und Urintest erzählt. Die Ergebnisse sind vor ein paar Minuten reingekommen.«

»Aha … Lassen Sie mich raten. Wieder nichts.«

Staudinger nickte erneut.

»Wieder nichts. Obwohl das gerade bei einem Suizid seltsam ist. Kein Alkohol, keine anderen Drogen, keine Medikamente. Gar nichts. Ich werde aus dem allen nicht schlau. Aber vielleicht bringt uns ja diese neue Spur weiter. Lassen Sie uns noch einmal alles zusammenfassen! Was wissen wir denn schon über diese Silvia Höllmayer und diesen Gabriel Teufel? Komischer Name übrigens.«

Meierhofer fuhr sich erneut durch den Bart. Er war ein wenig nervös.

»Über diese Silvia Höllmayer wissen wir noch gar nichts, außer, dass sie verheiratet ist und einen Doktortitel hat. Gabriel Teufel ist Lehrer an einem Kremser Musikgymnasium. Er ist der Mathematiklehrer meines Enkels. Laut Lukas' Erzählungen ist er ein furchtbarer Kerl. Vor allem in der letzten Zeit muss er schrecklich grantig gewesen sein. Und er unterrichtet außer Mathematik auch noch Physik und Chemie.«

Staudinger legte die attraktive, halbitalienische Stirn in Falten und murmelte: »Das ist ja noch nicht besonders viel. Also, lassen Sie uns nach zusätzlichen Informationen suchen!«

Der Gruppeninspektor setzte sich an seinen Computer und tippte Silvia Höllmayers Namen in eine Suchmaschine ein.

Meierhofer spürte indes, dass ihm wieder heiß und kalt wurde. Der Gedanke, dass sein Lieblingsenkerl Lukas, okay, er hatte nur eines, aber das war nun egal, möglicherweise in den Dunstkreis eines psychopathischen Stimmenhörers kommen könnte, machte ihm Angst.

»Ich verstehe einfach nicht, wie dieses Klassentreffen dazu geführt haben könnte, dass Simmlinger, Dornmann, Hüberl und möglicherweise auch Magdalena Bergherr plötzlich Stimmen gehört haben. Von diesem Teufel und unserer Frau Dr. Höllmayer mal abgesehen. Was ist bei diesem Treffen wohl passiert?«

Staudinger, der gespannt die Suchergebnisse durchforstete, raunte: »Keine Ahnung. Aber wir wären nicht zwei clevere, ausgefuchste, unschlagbare Kriminalbeamte, wenn wir das nicht herausfinden könnten.«

Meierhofer musste, wie so oft in Staudingers Gegenwart, wieder einmal schmunzeln.

»Sie denken aber nicht wirklich, dass ich clever, ausgefuchst und unschlagbar bin, Herr Kollege?«

Staudinger konnte sich eine spitzbübisch-freche Antwort abermals nicht verkneifen.

»Na ja, zur Not tut's alternd, leicht übergewichtig und kaffeesüchtig wohl auch.«

Einen Moment später stieß er einen leisen Pfiff aus.

»Ich glaube, ich habe etwas, Chef! Diese Silvia Höllmayer ist wohl wirklich der Schlüssel zum Stimmen-Rätsel. Das da ändert alles.«

21

Er kann nicht anders. Er muss sie noch einmal auspacken. Sie, seine Schöpfung, sein Werk. Zärtlich streicht er mit seiner rechten Hand darüber. Natürlich vorsichtig. Sehr vorsichtig. Er will ja nichts zerstören. Sie ist so schön.

Und sie wird all deinen Kummer und deine Sorgen mit einem Schlag verschwinden lassen. Auslöschen. Aus dem Weg räumen. Ein Knall, und alles ist wieder gut. In einer Stunde ist es so weit! In einer Stunde ist es so weit!

Er lächelt. In einer Stunde. Das klingt schon verlockend. Traut er sich, es in einer Stunde durchzuziehen?

Natürlich. In einer Stunde, in einer Stunde. Aber jetzt geh' wieder rein! Sonst fällt es auf!

Die Stimmen haben recht. Er muss jetzt wieder reingehen.

Beeil' dich! Lass dich nicht hier draußen erwischen! Vielleicht wird sonst irgendjemand misstrauisch. Und dann kannst du es vergessen. Dann kannst du die ganze Aktion abblasen. Dann hast du sie umsonst gebaut, geschaffen. Dann war es umsonst. Alles umsonst.

Nein, das Risiko kann er nicht eingehen. Es darf nicht umsonst gewesen sein. Er muss es durchziehen. Er wird es allen zeigen. Er wird es ihnen beweisen. All denen, die ihn nicht so ernst nehmen, wie sie sollten. Denen, die ihn für unfähig halten. Aber sie werden staunen. Sie werden Augen machen. Er lacht kurz auf und verschließt die Schachtel wieder. Dann schlägt er den Kofferraumdeckel zu. Er grinst übers ganze Gesicht. In einer Stunde ist es so weit! In einer Stunde lässt er es so richtig krachen!

Kabumm!

*

Gruppeninspektor Staudinger und Chefinspektor Meierhofer saßen am Computer und starrten ungläubig auf den Bildschirm. Beiden hatte es die Sprache verschlagen. Staudinger war im Internet fündig geworden. Sie wussten jetzt mehr über Silvia Höllmayer, Dr. Silvia Höllmayer, um genau zu sein, und ihren Gatten Nikolaus Höllmayer.

Die beiden arbeiteten in der Pharmaindustrie. Sie waren anscheinend maßgeblich an der Entwicklung neuer Medikamente beteiligt. Dr. Silvia Höllmayer in ihrer Funktion als Medizinerin, Dr. Nikolaus Höllmayer als Chemiker.

Meierhofer spürte, wie sich seine Herzfrequenz erhöhte. Daran war diesmal nicht Koffein schuld. Auch Staudinger schien nervös zu werden.

»Denken Sie das Gleiche wie ich, Herr Chefinspektor?«, fragte er ein wenig ungläubig.

Meierhofer machte eine nickende Kopfbewegung.

»Es passt perfekt. Es muss einfach so sein. Es kann gar nicht anders sein.«

Staudinger stand auf, um sich ein Glas Wasser zu holen. Meierhofer wunderte sich, wie es der Gruppeninspektor schaffte, literweise Wasser zu trinken, ohne alle zehn Minuten aufs Klo rennen zu müssen. Wieder einmal fühlte sich der Chefinspektor furchtbar alt. Aber auch, wenn sein Körper langsam Rost ansetzte, sein Gehirn funktionierte noch immer tadellos. Zumindest im Moment überschlugen sich seine Gedanken förmlich. Es musste so sein. Es konnte gar nicht anders sein.

Staudinger leerte das Glas in einem Zug und antwortete dann skeptisch: »Stimmt, es muss eigentlich so sein, aber die Ergebnisse der durchgeführten Blut- und Urinuntersuchungen widersprechen dem doch. Immerhin hat ihr Freund Doppler nichts gefunden. Absolut nichts.«

Meierhofer begann nervös auf- und abzugehen. Er fuhr sich dabei nonstop durch den Bart. Nachdem er eine Weile so hin- und her marschiert war, meinte er endlich.

»Es gibt doch sicher auch Medikamente, die nicht im Blut oder Urin nachweisbar sind. Noch dazu, wenn es sich vielleicht um gänzlich unbekannte Substanzen handelt. Möglicherweise hatte Doppler keine Chance, etwas nachzuweisen, weil er dieses Etwas einfach überhaupt nicht kannte. Weil keiner es kennt.«

»Außer Silvia Höllmayer und ihr Ehemann«, ergänzte Staudinger.

Meierhofer nickte zustimmend. »Außer Silvia Höllmayer und ihr Ehemann. Und Paul Simmlinger, Helmut Hüberl, Mario Dornmann und Magdalena Bergherr.«

»Und vielleicht auch dieser Gabriel Teufel?«, flüsterte Staudinger.

Meierhofer lief es kalt über den Rücken.

»Und vielleicht auch dieser Gabriel Teufel.«

»Was machen wir jetzt?«, fragte Staudinger mit aufgeregter Stimme.

»Wir holen uns die Bestätigung, dass es so ist, wie wir glauben. Dann versuchen wir, Gabriel Teufel dingfest zu machen, vorsichtshalber. Falls er ebenfalls Stimmen hört. Und um diese Frau Doktor müssen wir uns natürlich auch kümmern. Nicht, dass sie sich noch ins Ausland absetzt«, murmelte Meierhofer, der in Gedanken jeden einzelnen Schritt durchging.

»Wie sollen wir uns diese Bestätigung holen? Ich glaube kaum, dass in dieser Sache irgendjemand leichtfertig ein Geständnis ablegen wird«, setzte Staudinger skeptisch nach.

Meierhofer schüttelte unwirsch den Kopf.

»Doch, ich weiß jemanden, aus dem wir ein Geständnis herausbekommen können. Eigentlich gibt es nur eine Person, die dafür in Frage kommt. Aber jetzt lassen Sie uns fahren! Wir haben keine Zeit zu verlieren! Nicht auszudenken, was passieren könnte, wenn wir richtig liegen, und dieser Teufel tatsächlich ebenfalls Stimmen hört!«

Gruppeninspektor Staudinger folgte Chefinspektor Meierhofer, erstaunt darüber, wie schnell dieser sein konnte. Ob das am vielen Kaffee lag oder an den Sorgen, die er sich um seinen Enkel machte?

»Wohin geht es eigentlich?«, fragte er, als sie in Meierhofers Espace saßen.

»Nach Krems, zur Justizanstalt.«

*

Helmut Hüberl wirkte wie ein großer Teddybär, den jemand über Jahre auf dem Dachboden vergessen hatte. Immer noch groß und stattlich, aber irgendwie auch ziemlich zerdrückt und verstaubt. Es ging ihm nicht gut. Das war klar zu erkennen. Und auch gut so.

Meierhofer hatte kurz überlegt, wen er für ihren doch etwas gewagten Plan wählen wollte. Paul Simmlinger war sofort ausgeschieden. Er hätte sie augenblicklich durchschaut. Außerdem war er ihnen zu unberechenbar. Mario Dornmann wäre auch eine Alternative gewesen, aber Meierhofer hatte sich schließlich von Mag. Margaretha Rosenbergers Aussagen über den jugendlichen Hüberl leiten lassen. Sozial, sehr auf Frieden und Ausgleich aus, jemand, der Streitereien hasste. Wenn Hüberl seinem damaligen Ich immer noch ähnlich war, hatte er das schlechteste Gewissen von allen dreien. Außerdem hatte er seine Frau getötet, die ihm ja sicher sehr am Herzen gelegen war, egal, wessen sie sich vielleicht schuldig gemacht hatte. Hüberl konnte wohl am schlechtesten verdauen, was passiert war.

Simmlinger war ein Narziss. Er fand es wahrscheinlich in irgendeiner Form sogar jetzt noch richtig, dass er die Camper ausgelöscht hatte, und Dornmann war Zeit seines Lebens ein Außenseiter gewesen. Einer, den keiner mochte. Er hatte sicher eine Menge Hass und Wut in sich aufgestaut, über all die Jahre. Nur Hüberl, der war eigentlich eine Seele von einem Mann. Er hatte keinen Grund, das, was er getan hatte, nicht über alle Maßen zu verabscheuen. Er kam sicher nicht damit klar, dass er seine Frau getötet hatte. Er würde es mit hoher Wahrscheinlichkeit gerne rückgängig machen wollen. Und deshalb war er der beste Ansprechpartner in dieser Sache. Auch, wenn er momentan nicht gerade begeistert schien, schon wieder Besuch von der Kriminalpolizei zu bekommen.

»Was wollen Sie denn schon wieder hier? Können Sie mich nicht einfach in Ruhe lassen? Ich habe Ihnen doch ohnehin schon alles gesagt«, raunte er unfreundlich.

Staudinger griff sofort an: »Nein, das haben Sie nicht, Herr Hüberl. Sie haben vergessen, uns von Dr. Silvia Höllmayer und Ihrem gemeinsamen Plan zu erzählen!«

Helmut Hüberl zuckte zusammen. Ihm war anzusehen, dass er überrascht war, allerdings nicht positiv. Er hatte Angst. Große Angst.

Staudinger hakte nach: »Dabei ist es doch diese Höllmayer, die eigentlich an allem schuld ist. Wieso haben Sie uns denn nichts von ihr erzählt? Der Simmlinger und der Dornmann haben es auch schon getan. Nur Sie waren bis jetzt zu feig dazu.«

Meierhofer mischte sich ein: »Aber Herr Kollege, der Herr Hüberl war nicht zu feig dazu, er hat sich nur an die Abmachung gehalten. Wohl als Einziger, wie es scheint. Aber waren Sie nicht immer der Einzige, der sich an alle Abmachungen und Regeln gehalten hat, Herr Hüberl? Schon damals in der Schule?«

Ein seltsames Schluchzen drang aus der Kehle des mutmaßlichen Mörders. Staudinger und Meierhofer blickten einander erstaunt an. Helmut Hüberl, dieser Bär von einem Mann, brach tatsächlich in Tränen aus.

Meierhofer nutzte diese Chance.

»Herr Hüberl, seien Sie doch vernünftig! Erzählen Sie uns alles, dann geht es Ihnen sicher besser. Außerdem mildern Sie damit auch Ihre Strafe. Sie sind ja, im Grunde genommen, nicht schuld an alldem. Sie können ja eigentlich gar nichts dafür, dass Sie Ihre Frau umgebracht haben. Schuld waren die Stimmen. Die Stimmen, die Sie nur gehört haben, weil Sie für Silvia Höllmayer heimlich ein Medikament getestet haben. Eines, das noch gar nicht für diese Tests zugelassen war, stimmt's?«

Gespannt wartete der Chefinspektor auf Hüberls Antwort. Auch Staudinger, der das gesamte Verhör auf Band aufnahm, war die Aufregung deutlich anzusehen. Wenn es jetzt nicht klappte, dann würde es schwierig werden.

Helmut Hüberl, der mittlerweile in Tränen aufgelöst war, zögerte einen Moment, dann brach es aus ihm heraus: »Ja, es stimmt. Natürlich stimmt es! Wieso fragen Sie mich denn überhaupt noch danach, wenn Sie es eh schon vom Paul und vom Mario gehört haben? Die beiden haben doch die gleichen Probleme am Hals wie ich. Sie haben auch etwas Schreckliches getan, nicht wahr?«

Meierhofer nickte nur stumm. Auf Hüberls Gesicht machte sich Entsetzen breit.

Er murmelte wirr vor sich hin: »Und alles nur wegen der Silvia. Wegen dieser verdammten Silvia. Hätten wir ihr doch nicht geglaubt! Hätten wir ihr nur nicht geglaubt! Schuld. Sie ist schuld. Schuld, so viel Schuld.«

Staudinger unterbrach Helmut Hüberl: »Herr Hüberl. Bitte beruhigen Sie sich, und erzählen Sie uns alles langsam und deutlich. Schritt für Schritt. Das ist wirklich unglaublich wichtig.«

Hüberl nickte zögerlich.

Dann fing er gefasst zu erzählen an: »Als ich die Einladung zu dem Klassentreffen bekommen habe, wollte ich zuerst eigentlich gar nicht hingehen. Aber meine Frau hat mich schließlich dazu überredet. Ausgerechnet sie! Wahrscheinlich wollte sie sich einstweilen mit ihrem Liebhaber treffen. Ich bin also zu dem Treffen gegangen und habe angefangen, mit Silvia Höllmayer zu tratschen. Irgendwann sind dann der Paul und die Magdalena, die ganz happy waren, dass sie sich endlich wiedergesehen haben, und der Mario dazugekommen. Wir haben uns in eine gemütliche Ecke verzupft und jeder hat von seiner Arbeit erzählt. Da hat die Silvia dann plötzlich gemeint, dass sie uns ein tolles Angebot machen könnte. Sie wüsste da eine Möglichkeit, wie wir alle ganz einfach an zehntausend Euro kommen könnten. Alles was wir machen sollten, wäre, über einen längeren Zeitraum jeden Tag eine völlig harmlose Pille zu schlucken. Als Testpersonen für ein neues Medikament würde sie uns brauchen. Etwas, das viele Menschen tagtäglich sind. Sie hat uns dann mehrfach versichert, dass dieses Medikament, das ihr Mann und sie entwickelt hatten, total harmlos wäre. Irgendein neues Antibiotikum oder so. Wir waren alle ein bisschen skeptisch, haben uns dann am nächsten Tag auch nochmal getroffen und darüber gesprochen und uns schließlich dazu entschieden, den Test mitzumachen. Immerhin ging es um zehntausend Euro für jeden von uns. Die konnten wir alle gut gebrauchen. Die Silvia und ihr Mann haben uns dann einen ziemlich langen Vertrag mit einer Menge Kleingedrucktem darin unterschreiben lassen. Da war auch so eine Klausel, dass wir auf keinen Fall irgendjemandem von dem Test erzählen durften. Weil die Höllmayers angedeutet hatten, dass wir im Falle eines Vertragsbruches mit unangenehmen Konsequenzen zu rechnen hätten, habe ich übrigens bei ihrem ersten Besuch auch angegeben, nie Stimmen gehört zu haben. Ich hatte Angst, dass sonst alles ans Licht kommen würde. Aber das ist es jetzt ja ohnehin. Ist wohl besser so.«

Meierhofer, der andächtig gelauscht hatte, unterbrach Helmut Hüberl an dieser Stelle: »Natürlich ist das besser so. Welche Konsequenzen hat man Ihnen denn angedroht?«

Hüberl zuckte mit den Schultern.

»Das wurde nicht klar ausgesprochen. Ich hatte trotzdem keine Lust, mit diesen Konsequenzen konfrontiert zu werden. Die ganze Situation hatte dann nämlich irgendwie etwas Bedrohliches. Aber an dieser Stelle war es schon zu spät. Wir hatten uns ja alle gemeinsam dazu entschieden, zu unterschreiben, und ich wollte nicht als der Spielverderber da stehen. Also habe ich dann eben angefangen, jeden Tag so eine Tablette zu schlucken. Die Dinger haben ja wirklich nicht sehr gefährlich ausgesehen. Aber welche Tablette tut das schon?«

»Das kann doch nicht Ihr Ernst sein, Herr Hüberl?! Sie haben wegen dieser Tabletten einen Mord begangen, verstehen Sie das nicht? Ist Ihnen das nicht bewusst?«, fuhr Staudinger, den Hüberls Dummheit und Naivität in dieser Sache schockierten, den Verdächtigen entsetzt an.

Hüberl zuckte resignierend mit den Schultern und starrte niedergeschlagen zu Boden.

»Aber welche Tablette tut das schon?« Meierhofer dachte an die riesigen Antibiotikabrummer, die er letzten Winter wegen einer Lungenentzündung hatte nehmen müssen. Die Dinger hatten mehr als bedrohlich ausgesehen. Aber sie hatten gewirkt und ihm damit wahrscheinlich das Leben gerettet.

»Haben Sie gleich etwas bemerkt? Irgendwelche Nebenwirkungen?«, fragte er vorsichtig nach.

Helmut Hüberl schüttelte vehement den Kopf.

»Nein, anfangs habe ich gar nichts bemerkt. Außer vielleicht, dass mein Mund ständig trocken war. Erst nach ein paar Tagen habe ich dann diese Stimmen gehört. Am Anfang nur ab und zu. Dann immer öfter. Sie haben mir Angst gemacht, aber ich hab' mich nicht getraut, jemandem davon zu erzählen. Ich dachte, ich wäre verrückt. Dass die Stimmen von dem Medikament kommen könnten, daran habe ich gar nicht gedacht. Silvia hat uns nur harmlose Nebenwirkungen beschrieben, und in dem Formular, das ich jeden Tag ausfüllen musste, war auch keine Rede von irgendwelchen seltsamen Stimmen. Eben nur von Dingen wie Mundtrockenheit, Übelkeit, Durchfall und so. Das, was man halt öfters bekommt, wenn man Medikamente nimmt.«

Nun mischte sich Staudinger ein.

»Haben Sie gar nicht daran gedacht, bei den anderen nachzufragen, wie es ihnen mit dem Medikament geht?«

Helmut Hüberl warf Staudinger einen Blick zu, der zu fragen schien: »*Sind Sie wahnsinnig geworden?*«

Dann erklärte er: »Das habe ich mich, ehrlich gesagt, nicht getraut. Silvia und ihr Mann haben uns strengstens verboten, während der Testzeit Kontakt zueinander aufzunehmen. Steht sogar im Vertrag, dass das nicht erlaubt war. Angeblich hätte das die Ergebnisse der Tests verfälschen können, weil wir einander unter diesen Umständen zu sehr beeinflussen hätten können.«

Meierhofer konnte nicht glauben, dass ein Mann wie Hüberl auf so etwas hineingefallen war. Dass er sich so weit hatte einschüchtern lassen. Er war sich hundertprozentig sicher, dass das, was Hüberl und seine ehemaligen Klassenkollegen da mitgemacht hatten, keine legalen Medikamententests gewesen waren. So weit kannte der Chefinspektor sich in diesem Bereich aus, dass er wusste, dass es viele Jahre dauerte, bis ein Medikament zum Test an Menschen freigegeben wurde. Das musste von allen möglichen Stellen genehmigt werden, und danach fanden derartige Tests sicher unter anderen Bedingungen statt, als das, wovon Helmut Hüberl ihnen da gerade erzählt hatte. Hinter diesem Medikamententest stand kein seriöses pharmazeutisches Unternehmen. Da hatten die Höllmayers wohl illegal den Alleingang gewagt. Vielleicht aus Ungeduld oder Selbstüberschätzung. Die Folgen waren jedenfalls katastrophal. Das würde die beiden teuer zu stehen kommen. »Haben Sie nicht daran gedacht, das Medikament abzusetzen? Zumindest probehalber, um zu sehen, ob die Stimmen dann verschwinden würden?«, fragte Staudinger den mutmaßlichen Mörder. Hüberl wirkte mittlerweile wie ein bemitleidenswertes, hilfloses Häufchen Elend.

»Nein. Ich dachte ja nicht, dass es an den Tabletten lag. Diese Stimmen waren zwar lästig, aber sie haben mir eigentlich nur Dinge gesagt, die ich insgeheim ohnehin dachte. Ich war ja auf meine Frau sauer, weil sie mich betrogen hat. Ich habe ja eine Wahnsinnswut auf sie in meinem Bauch gehabt. Wahrscheinlich hab' ich deshalb einfach nur gedacht, dass mich dieser ganze Stress mit meiner Frau langsam an den Rand des Wahnsinns treibt. Ich habe mich und meine Lebenssituation für das Stimmenhören verantwortlich gemacht, nicht dieses Medikament.«

Meierhofer strich sich über den Bart. Wenn er so an die Lebenssituationen der anderen drei dachte, konnte er sich gut vorstellen, dass es bei ihnen ähnlich gewesen war. Vielleicht hatten auch sie nicht daran gedacht, dass das Medikament der Auslöser für das Auftauchen der ominösen Stimmen sein könnte. Wahrscheinlich hatten sie die Stimmen doch irgendwie als einen Teil ihrer selbst angenommen. Einen lästigen, aber ehrlichen Teil ihrer selbst. Für einen kurzen Moment überlegte Meierhofer, was diese Stimmen ihm wohl erzählt hätten. Aber er schob den Gedanken rasch wieder beiseite.

»Bevor wir gehen und Sie in Ruhe lassen, hätte ich noch eine Frage an Sie, Herr Hüberl. Hat eigentlich der Gabriel Teufel auch etwas mit der ganzen Sache zu tun gehabt? Leopold Fischer, der Heurigenwirt, hat uns nämlich erzählt, dass Gabriel Teufel bei Ihrer kleinen Runde auch dabei war.«

Helmut Hüberl schien kurz nachzudenken, dann meinte er: »Aber natürlich war er dabei. Er ist etwas später zu uns gestoßen. Aber, wieso wissen Sie das denn nicht längst? Hat der Gabriel noch nichts verbrochen?«

Staudinger und Meierhofer schüttelten zeitgleich ihre Köpfe.

»Nein? Dann sollten Sie lieber schau'n, dass Sie ihn möglichst schnell erwischen! Wenn der Gabriel auch diese Stimmen hört, dann Gnade Ihnen Gott! Der Gabriel hat nämlich den größten Hass von uns allen in sich. Sie hätten mal hören sollen, wie der über seine Kollegen und die lästigen Schüler geschimpft hat. Der Gabriel, der hat wirklich Probleme. Wenn einer wahnsinnig ist, dann der Gabriel. Und wenn der an irgendjemandem seine Wut auslassen will, dann macht er das sicher in der Schule. Er hasst den Laden und alles, was darin kreucht und fleucht. Eigentlich eine blöde Sache, wenn man Lehrer ist.«

Meierhofer fühlte eine Welle der Angst in sich hochsteigen. Er dachte an Lukas, der gerade in der Schule saß. In der Schule, in der Gabriel Teufel unterrichtete. Sie mussten diesen Teufel so schnell wie möglich erwischen.

Der Chefinspektor gab seinem Kollegen das Zeichen zum Aufbruch.

Staudinger verstand sofort.

»Vielen Dank, Herr Hüberl. Sie waren uns eine große Hilfe. Uns und sich selbst. Vielleicht sollten Sie jetzt ein bisschen schlafen.«

Auf dem Gesicht des mutmaßlichen Mörders machte sich ein seltsames, absurdes Lächeln breit. Er sah aus wie ein weinender Clown.

Dann flüsterte er: »Ich werde in meinem ganzen Leben nie wieder gut schlafen können. Nie wieder gut schlafen.«

22

»Na super, übernächste Stunde haben wir dann den Teufel.«

»Nein! Nicht den Teufel! Der ist heute eh schon wieder so grantig. Was mit dem nur los ist?«

»Keine Ahnung, Lukas. Ist halt ein Lehrer, die spinnen doch alle.«

»Na ja, alle nicht. Zumindest nicht so arg wie der Teufel. Weißt, was mir der Julian aus der Vierten erzählt hat? Der Teufel hat ihnen gedroht, dass er sie fertig macht, wenn sie nicht gleich Ruhe geben, und dann hat er komplett verrückt dreingesehen. Der ist wahnsinnig, meint der Julian.«

»Wahnsinnig, das passt. Warum müssen ausgerechnet wir den Wahnsinnigen in Mathematik haben? Der Breitenebner wär' mir viel lieber.«

»Der Breitenebner wär' jedem lieber. Ist sowieso der coolste Lehrer hier an der Schule, aber wir haben nicht den Breitenebner, wir haben den Teufel. Also, was soll's. Wir müssen die Krot' wohl schlucken.«

»Die was schlucken?«

»Die Krot'. Das sagt mein Opa immer. Wenn man was nicht gerne mag, es aber trotzdem tun muss, dann muss man die Krot' schlucken. Krot' kommt, glaube ich, von Kröte.«

»Dein Opa? Ist der nicht bei der Kriminalpolizei? Vielleicht kann der was gegen den Teufel machen.«

»Was soll er denn gegen ihn machen? Ihn festnehmen, weil er unfreundlich ist? Dann müssten aber viele Lehrer im Gefängnis sitzen.«

»Nicht, weil er unfreundlich ist, sondern weil er Schülern droht.

Außerdem hat mir mein Cousin, der in die Achte geht, erzählt, dass der Teufel nach einer Physikstunde eine Anleitung zum Bombenbauen auf dem Lehrertisch hat liegen lassen. Mein Cousin glaubt, dass der Teufel an einer Bombe bastelt, weil er sich in die Luft jagen will.«

»Solange er nur sich in die Luft jagt, ist mir das herzlich wurscht.«

»Und was ist, wenn er uns alle in die Luft jagen will? Die ganze Schule? Grantig, wie er ist?«

»Geh', du spinnst ja komplett, Felix! Der Teufel ist einfach nur schlecht drauf. Deshalb bastelt er noch lange keine Bombe, mit der er die Schule in die Luft jagen will. Und jetzt lass' mich in Ruhe! Ich muss noch schnell die Mathikhausübung fertig abschreiben.«

*

Meierhofer fühlte sich hundeelend. Wie sollten sie es jetzt angehen? Was machen?

Staudinger schien es ähnlich zu gehen.

»Was meinen Sie, Herr Chefinspektor? Sollen wir Verstärkung organisieren und gleich zum Teufel nachhause fahren? Oder ist der um diese Zeit noch im Gymnasium?«

»Der ist mit Sicherheit noch in der Schule. Ich war vorhin auf der Website des Gymnasiums. Gabriel Teufel hat heute Nachmittag seine Sprechstunde. Er muss also noch im Haus sein. Außerdem habe ich auf der Schulhomepage ein Foto von ihm gefunden. Ich weiß also mittlerweile auch, wie der Kerl aussieht.«

»Gut, wir wissen also, wo wir den Teufel finden, und wie er aussieht. Was machen wir also nun?«

Meierhofer war unschlüssig. Am liebsten hätte er sich jetzt ins Bett gelegt und tot gestellt. Er war zwar ein gestandener Kriminalbeamter mit jeder Menge Erfahrung, aber diese Entscheidungen mochte er immer noch nicht.

Was tun, damit Schlimmeres verhindert wurde? Die Last der Rettung der Welt lag auf seinen Schultern. Auf den Schultern des alternden, übergewichtigen, nicht mehr ganz so super Helden. Und auf den Schultern seines Assistenten. Des gutaussehenden, schwulen Halbitalieners. Meierhofer musste kurz an *Batman & Robin* denken. Aus der Serie, die vor mehr als zwanzig Jahren im Fernsehen gelaufen war, und die Marianne sich so gerne angesehen hatte. *Batman & Robin*, die waren ein ähnlich schillerndes Paar gewesen wie sie beide.

Der Chefinspektor zwang sich dazu, wieder klar und analytisch zu denken. Was war wohl das Vernünftigste? Lange warten sicher nicht. Selbst wenn sie mit Verstärkung vor der Schule auftauchen würden, war nicht gewährleistet, dass keinem Unschuldigen etwas passieren würde.

Meierhofer dachte wieder einmal daran, dass das eigentlich alles ziemlich paranoid war. Sie wussten ja noch gar nicht mit Sicherheit, dass dieser Teufel Stimmen hörte und irgendetwas Gefährliches plante. Vielleicht arbeitete der Mann gerade und war einfach nur damit beschäftigt, einen weiteren Schultag irgendwie über die Bühne zu bringen. Völlig unspektakulär und aggressionsfrei, aber ferienreif halt, wie es wahrscheinlich viele Lehrer kurz vor Schulschluss waren. So, wie die meisten anderen Menschen kurz vor Urlaubsbeginn einfach keine Energie mehr zum Arbeiten hatten.

Doch gegen diese Theorie sprach das, was Hüberl ihnen über Teufel erzählt hatte. Was, wenn er wirklich Stimmen – Teufelsstimmen – hörte. Dann würde möglicherweise ein Unglück geschehen. Ein Unglück, das sie nicht verhindert hatten.

Staudinger schien die Geduld zu verlieren.

»Chef, hören Sie mir überhaupt zu? Was machen wir jetzt?«

Meierhofer wusste, dass es an der Zeit war, entschlossen und sicher zu wirken. In dem, was er tat und entschied.

»Wir haben keine Zeit mehr! Warten sollten wir auf keinen Fall, Kollege Staudinger. Das Risiko ist mir einfach zu groß.«

Lukas' Gesicht erschien vor Meierhofers innerem Auge. Um nichts in der Welt würde er zulassen, dass sein Enkel gefährdet wurde.

»Wir dürfen keine Sekunde verlieren. Wir fahren jetzt einfach zu Schule, Kollege Staudinger, und dort tun wir dann eines: Wir bluffen wieder einmal.«

Staudinger runzelte die Stirn.

»Bluffen?«

Meierhofer nickte.

»Ja genau, wir müssen nochmal bluffen und darauf hoffen, dass der Teufel reinfällt, so wie der Hüberl vorhin. Oder aber, was natürlich das Beste wäre, dass von ihm überhaupt keine Gefahr ausgeht. Dass er einfach nur ein frustrierter Lehrer ist, der sich auf die Sommerferien freut.«

Staudinger nickte langsam. Genau wie Meierhofer glaubte er daran überhaupt nicht.

*

Er kann sich nicht konzentrieren. Er kann sich einfach nicht konzentrieren. Viel zu aufgeregt ist er. Er kann nicht anders. Er muss nochmal rausschauen. Nur noch einen Blick in den Kofferraum werfen. Nur noch einen einzigen Blick! Vielleicht kann er sich danach konzentrieren. *Sei doch nicht so dumm! Wenn du jetzt dauernd nach draußen rennst, fällt das sicher irgendjemandem auf. Dann fällt die Sache vielleicht noch ins Wasser. Willst du dieses Risiko wirklich eingehen? So knapp vor dem Ziel? Bleib' sitzen und verbessere irgendetwas!*

Er steht auf. Die Stimmen sind ihm egal. Er ist hier der Boss, nicht diese seltsamen Stimmen in seinem Kopf! Er will nur noch einmal in den Kofferraum schauen. Nur noch einmal! Dann verbessert er. Er macht das, was er während einer Freistunde eigentlich tun sollte. Und danach, in Mathematik, da lässt er es dann endlich krachen. So richtig krachen.

*

Meierhofer fuhr auf das Musikgymnasium zu. Der Lehrerparkplatz war nur zur Hälfte voll. Er fand also spielend leicht einen Parkplatz.

»Wie sollen wir es jetzt angehen?«, fragte Staudinger, nachdem Meierhofer den Wagen geparkt hatte.

»Wir gehen einfach zur Direktion und fragen nach Gabriel Teufel. Immerhin ist nun ja vielleicht wirklich Gefahr im Verzug. Es spricht also meiner Ansicht nach nichts dagegen, ihn aus dem Unterricht zu holen.«

Staudinger und er stiegen aus, um auf die Eingangstür des mächtigen Gebäudes zuzugehen. Als sie nur noch wenige Meter davon entfernt waren, wurde plötzlich die Tür von innen geöffnet. Meierhofer reagierte schnell und versteckte sich hinter einem Busch, wobei er Staudinger unsanft mit sich zog. Die beiden konnten den Parkplatz von diesem Versteck aus bestens beobachten, wurden aber dabei mit Sicherheit nicht entdeckt.

Aus dem Schulgebäude trat ein junger Mann. Er war zaundürr, trug eine dunkelgrüne Leinenhose und ein weißes T-Shirt. Seine roten, mittellangen Haare sahen ziemlich ungepflegt aus.

»Das ist er. Das ist Gabriel Teufel«, flüsterte Meierhofer, so leise er konnte.

Dem Chefinspektor fiel sofort auf, dass sich der Mann verdächtig benahm. Teufel blickte sich mehrmals misstrauisch um, schlich dann schnell zu einem alten, roten Peugeot, der auf dem Lehrerparkplatz abgestellt war, und öffnete den Kofferraum. Für einen Moment starrte er hinein. Dann streckte er seinen rechten Arm aus. Meierhofer und Staudinger kam es vor, als würde er irgendetwas im Kofferraum streicheln. Unvermittelt zog Teufel die Hand zurück, schloss den Kofferraum wieder und schlich zurück in Richtung Schule, nicht ohne sich nochmals verunsichert umzusehen. Dabei schien er die ganze Zeit über etwas zu flüstern. Zumindest bewegte er seine Lippen.

»Das ist unser gefährlicher *möglicherweise bald Verbrecher*? Der Typ schaut ja richtig lächerlich aus. So einen hätten wir in der Hauptschule aus der Klasse getragen«, raunte Staudinger leise.

Meierhofer war erstaunt. Dass Staudinger während seiner Schulzeit ein Rebell gewesen war, hätte er ihm gar nicht zugetraut. Aber er musste dem Gruppeninspektor recht geben. Gabriel Teufel sah nicht gerade respekteinflößend aus. Kein Wunder also, dass er Lukas und seine Mitschüler mit jeder Menge Tests nervte. Wahrscheinlich war er der Typ Angstbeißer und über die Noten Druck-Macher. Solche Lehrer hatte sogar Meierhofer schon gehabt. Auch, wenn das viele, viele Jährchen her war.

Er erinnerte sich an die Lehrer, die Ausstrahlung und Persönlichkeit gehabt hatten, die ihren Beruf mit Leidenschaft ausgeübt und die Kinder in ihrer Begeisterung mitgerissen hatten. Dann an die, die eine unglaubliche, natürliche Autorität ausgestrahlt hatten. Das waren die Lehrer gewesen, vor denen sie alle Angst gehabt hatten, bei denen sie aber auch besonders brav gewesen waren. Und dann hatte es eben noch jene anderen gegeben, die wahrscheinlich vor allem der Ferien wegen Lehrer geworden waren.

Schon möglich, dass Teufel ein Exemplar der letzteren Gattung war. Dass er unter Umständen jede Menge Wut und Hass in sich aufgestaut hatte, konnte sich Meierhofer nur allzu gut vorstellen. Auch, wenn er unscheinbar aussah, war es durchaus möglich, dass dieser Teufel gefährlich werden würde. Oft waren es ja gerade die Unscheinbaren, die wirklich gefährlich wurden.

»Was, glauben Sie, hat er da im Kofferraum versteckt?«, fragte Staudinger leise flüsternd.

»Denken Sie, es ist das, womit er plant, zuzuschlagen?«

Meierhofer zuckte mit den Schultern, während er sich wieder einmal durch seinen Vollbart fuhr.

»Schon möglich. Allerdings wissen wir ja nicht, womit er zuschlagen wird. Glauben Sie, dass er mit einer Schusswaffe Amok laufen wird? So ähnlich wie Simmlinger? Wenn ja, müsste er sich die aber illegal besorgt haben. Waffenschein hat der liebe Herr

Teufel nämlich keinen. Das hab ich bereits überprüft.«

Gruppeninspektor Staudinger konterte sofort: »Herr Chefinspektor. Sie sollten doch eigentlich am besten wissen, wie einfach es heutzutage ist, sich illegal eine Waffe zu besorgen. Aber vielleicht ist es ja gar keine Schusswaffe. Ist der Typ nicht Physik- und Chemielehrer? Vielleicht hat er ja eine Bombe gebastelt.«

Meierhofer lachte kurz auf.

»Na, na, Herr Kollege. Haben Sie tatsächlich so schlechte Schulerfahrungen gemacht? Denken Sie wirklich, Physik- und Chemielehrer basteln heimlich Bomben?«

»Nein, alle sicher nicht, aber dieser Teufel vielleicht. Angeblich findet man ja im Internet die schönsten Anleitungen zum Do-it-yourself-Bombenbauen. Ich hab's allerdings noch nie probiert. Und was Ihre andere Frage angeht: Meine Schulerfahrungen waren gar nicht so übel. Also, worauf warten wir noch? Wollen wir nicht endlich zugreifen? Soll ich nicht vielleicht doch noch Verstärkung rufen? Nur, falls er wirklich eine Bombe hat.«

Der Chefinspektor schüttelte den Kopf.

»Hören Sie mit Ihrer Bomben-Theorie auf, Staudinger! Das ist wirklich schon ziemlich paranoid. Und nein, wir brauchen keine Verstärkung. Wir sind zwei stattliche, bewaffnete Kriminalbeamte. Wir werden uns doch zu zweit gegen diesen Teufel durchsetzen können. Wenn wir die uniformierten Kollegen ohne Grund hierher zitieren, gibt es wieder nur Ärger. Wir machen uns doch lächerlich, wenn der Teufel überhaupt keinen Dreck am Stecken hat. Vielleicht wollte er nur sichergehen, dass er seine Schultasche eingepackt hat.«

Staudinger gab ein grunzendes Geräusch von sich. Wahrscheinlich ein unterdrücktes Lachen.

»Klar, die Schultasche bräuchte er aber innerhalb des Schulgebäudes, oder nicht? Obwohl ich mich an Lehrer erinnern kann, die bei uns in der Hauptschule auch gänzlich ohne eine Schultasche ausgekommen sind. Die hatten all ihre Vorbereitungen in ihren Köpfen abgespeichert. Ich hatte aber auch ganz andere Lehrer, nicht, dass Sie wieder glauben, ich hätte ausschließlich schlechte Schulerfahrungen gemacht. Und, was machen wir jetzt?«

Der Lehrer hatte nun beinahe das Schultor erreicht.

»Bluffen, Herr Kollege. Oscar-reif bluffen. Folgen Sie mir unauffällig!«

23

Als Meierhofer von hinten auf Gabriel Teufel zuging, klopfte sein Herz wie verrückt.

Das war auch so eine Sache, die wohl kaum ein Kriminalbeamter gerne zugab. Diese Aufregung und die Angst, die man immer wieder verspürte. Ganz im Gegensatz zu den fehlerlosen, furchtlosen, heroischen Kriminalbeamten in Film und Fernsehen, die natürlich keines dieser Gefühle kannten. Meierhofer war nervös, und er wusste, dass das einerseits ganz gut war – ein gewisses Maß an Angst und Aufregung ließ einen die Situation ernst genug nehmen – er wusste aber auch, dass ein Zuviel davon gefährlich werden konnte. Also versuchte er, sich zu beruhigen und sich vor allem nach außen hin nichts anmerken zu lassen. Er musste überzeugend bluffen.

»Herr Teufel! Hätten Sie wohl einen Moment für uns Zeit!?«, rief er, so laut er konnte.

Der junge Lehrer drehte sich um. Er sah alles andere als gut aus. Er war ebenfalls nervös, wahrscheinlich noch nervöser als die beiden Inspektoren.

*

Er ist nervös. Was wollen diese zwei Typen von ihm? Sind sie vielleicht Schüler-Väter? Oder der Vater und der Großvater einer seiner Schüler? Was soll er jetzt machen? Soll er mit ihnen reden, oder soll er sie abwimmeln?

Na toll. Ich hab' dir doch gleich gesagt, dass du nicht ständig zum Auto gehen sollst! Das hast du jetzt davon! Hau ab! Hau ab, solange du noch kannst! Rede bloß nicht mit diesen beiden. Wer weiß, was sie im Schilde führen? Du musst sie abwimmeln. Abwimmeln!

Er möchte die Stimmen in seinem Kopf am liebsten anschreien. Sie sollen ruhig sein! Sie sollen endlich das Maul halten! Er redet jetzt einfach mit den beiden. Er redet einfach mit ihnen. Was spricht dagegen, mit ihnen zu reden? Er redet mit ihnen, schon allein, damit er nicht das getan hat, was diese blöden Stimmen ihm einreden wollen.

Bist du wahnsinnig? Du willst mit ihnen reden? Hast du wenigstens eine Waffe dabei? Dein Messer vielleicht? Schusswaffe hast du ja keine, du Idiot.

Er denkt daran, wie er heute Morgen noch einmal ins Schlafzimmer gegangen ist und sein Butterfly-Messer aus dem Nachtkästchen genommen hat. Er hat es in seiner rechten Hosentasche versteckt. Deshalb hat er ja extra die dunkelgrüne Leinenhose angezogen. Weil die so große Taschen hat und so weit ist, dass es nicht auffällt, wenn er darin etwas versteckt.

Langsam geht er auf die beiden Männer zu. Sie sehen nicht gefährlich aus. Wahrscheinlich handelt es sich wirklich um Angehörige einer Schülerin oder eines Schülers. Aber was wollen sie von ihm? Hat er etwas falsch gemacht? Haben sie ihn etwa dabei beobachtet, wie er nach seiner Schöpfung gesehen hat? Sind sie ihm auf der Spur?

Du bist ein Idioooot. Du bist ein Idioooot. singen die Stimmen in seinem Kopf. Zynisch, gehässig, gemein. Aber sie haben ja recht. Er ist ein Idiot. In was hat er sich da hineingeritten?

Du bist ein Idioooot! Du bist ein Idioooot!

*

Meierhofer und Staudinger schauten einander an. Beiden war die Anspannung deutlich anzusehen. Wie würde dieser Teufel reagieren? Warum stand er immer noch bewegungslos da? Was ging nur in seinem Kopf vor?

Plötzlich bewegte sich der Gymnasiallehrer. Er ging ein paar Schritte auf die beiden Kriminalbeamten zu. Staudinger wollte nach seiner Dienstwaffe greifen, die er um seine Brust geschnallt hatte, natürlich gut versteckt, aber das durfte er nicht. Damit hätte er Gabriel Teufel wohl zusätzlich verunsichert.

Auch Meierhofer dachte in diesem Moment an seine Waffe. Bis jetzt hatte er sie noch nicht oft benötigt. In all den Jahren als Kriminalbeamter war ihm der Einsatz der Schusswaffe auch in gefährlicheren Situationen meist erspart geblieben. Natürlich unterzog er sich stets den verpflichtenden Trainingseinheiten, aber die Waffe als seinen Freund ansehen, das würde er wohl nie können. Er war froh, wenn er das Ding nicht angreifen musste.

Teufel blieb stehen. Der dürre, rothaarige Mann stand ihnen nun genau gegenüber. Er zitterte ein wenig und sah verwirrt aus. Ziemlich verwirrt.

Chefinspektor Meierhofer musterte den Mann von oben bis unten. Sofort stach ihm eines ins Auge: Eine der beiden Taschen der dunkelgrünen Leinenhose war verbeult. Hatte Teufel eine Waffe darin versteckt? Sie mussten vorsichtig sein. Vielleicht war Gabriel Teufel gefährlicher, als er gedacht hatte.

»Guten Tag, Herr Teufel. Sie sind doch Gabriel Teufel?«

Der Lehrer nickte.

Meierhofer fuhr fort: »Kriminalpolizei. Das ist Gruppeninspektor Staudinger und mein Name ist Meierhofer.«

»Chefinspektor Meierhofer«, ergänzte Staudinger.

*

Er muss grinsen. Kriminalbeamte hat er sich anders vorgestellt. Ein übergewichtiger, alter Knacker und ein Ausländer. Der Typ ist sicher Ausländer. Bei dem Teint. Und davor soll er Angst haben? Sicher nicht.

Nein. Die zwei sind sicher keine Gefahr für dich. Die trickst du aus. Außerdem hast du ja dein Messer. Du kannst dich wehren. Und dein Schatzi ist ja auch noch immer im Kofferraum.

Er versucht, die Stimmen aus seinem Kopf zu verscheuchen. Er darf sich jetzt nicht durcheinander bringen lassen. Nicht jetzt. Nicht in diesem Moment. Nun muss er klar im Kopf sein. Sonst macht er vielleicht Fehler. Er darf keine Fehler machen.

*

»Lukas, ist das da draußen nicht dein Opa?«

»Mein Opa?!«

»Das ist dein Opa, ganz sicher! Er steht mit einem anderen Mann auf dem Parkplatz und quatscht mit dem Teufel. Schau!«

»Das gibt's doch nicht! Das ist wirklich mein Opa! Aber was macht der denn hier?«

»Du hast ihm also doch erzählt, dass der Teufel wahnsinnig ist. Und er ist jetzt hier, um uns alle vor ihm zu retten.«

»Klar, träum weiter! Vielleicht hat der Teufel einen Strafzettel gekriegt, weil er zu schnell gefahren ist.«

»Sicher, deshalb kommt die Kriminalpolizei. Dann müsste die Kriminalpolizei aber bei uns ein und aus gehen, so schnell, wie mein Papa manchmal fährt.«

»Vielleicht ist deinen Eltern etwas passiert, und dein Opa kommt jetzt, um es dir schonend beizubringen.«

»Genau, das wird's sein. Wahrscheinlich haben deine Eltern einen Autounfall gehabt, oder so.«

»Meine Eltern? Einen Autounfall? Ihr spinnt ja komplett!«

»Lukas! Wo willst du denn hin!?«

*

Meierhofer war nicht wohl in seiner Haut. Trotzdem zog er es durch.

»Herr Teufel. Wir wissen alles. Paul Simmlinger, Mario Dornmann und Helmut Hüberl haben geplaudert. Aus dem Nähkästchen sozusagen. Wir wissen von den illegalen Medikamententests. Magdalena Bergherr ist übrigens tot. Sie konnte leider nicht mehr reden. Die Stimmen haben sie in den Tod getrieben. Die Stimmen, die Sie seit einiger Zeit auch hören, habe ich recht, Herr Teufel?«

Nach einer kurzen Pause übernahm Staudinger.

»Wir wissen auch, was Sie vorhaben, Herr Teufel. Lassen Sie es! Machen Sie sich nicht zum Verbrecher! Noch haben Sie die Chance, das zu verhindern. Mario Dornmann, Helmut Hüberl und Paul Simmlinger haben diese Chance nicht bekommen. Sie sitzen alle drei in U-Haft. Das wollen Sie doch nicht. Sie wollen Ihr Leben doch nicht einfach wegwerfen.«

*

Er glaubt nicht, was sie da sagen. Woher wissen sie von den Stimmen? Und Magdalena ist tot? Tot? Die anderen hören diese Stimmen auch? Es hat etwas mit diesem Medikament zu tun? Ist er also gar nicht verrückt?

Hör nicht auf sie! Du wirst dir das doch nicht einreden lassen! Du bist einzigartig. Und du wirst nicht zum Verbrecher, wenn du es durchziehst! Du übst einfach Rache. Du zeigst allen, was du drauf hast. Deshalb bist du doch noch lange kein Verbrecher.

Er kann nicht mehr. Er will nicht mehr. Diese Stimmen. Sie machen ihn wahnsinnig! Aber er will es doch durchziehen. Er will es durchziehen. Ihnen beweisen, dass er nicht unfähig ist. Dass man sich besser nicht über ihn lustig machen sollte. Er muss es durchziehen! Diese Bullen dürfen sein Werk nicht zerstören. Er muss sie vom Auto fernhalten!

*

Meierhofer beobachtete Gabriel Teufels Gesicht.

Es war praktisch unmöglich, daraus zu lesen. Was ging in ihm vor? Er war unberechenbar. So viel stand fest. Trotzdem versuchte der Chefinspektor es weiterhin. Meierhofer meinte freundlich: »Herr Teufel. Wir wissen, was Sie planen. Wir wissen, was Sie im Kofferraum Ihres roten Peugeots verstecken. Öffnen Sie den Kofferraum, geben Sie uns das Ding, und kommen Sie dann mit uns! Wenn Sie das tun, passiert Ihnen nichts. Wir werden Sie untersuchen lassen, Sie setzen diese Tabletten ab, und bald ist alles wieder in Ordnung. Noch haben Sie sich keiner Straftat schuldig gemacht, Herr Teufel, noch nicht. Sie wussten ja schließlich nicht, dass diese Medikamententests illegaler Natur sind. Seien Sie vernünftig, Herr Teufel. Schmeißen Sie Ihr Leben nicht weg, indem Sie das durchziehen, was Sie geplant haben. Herr Teufel! Seien Sie doch vernünftig!«

*

Vernünftig, vernünftig. Das bist du doch Zeit deines Lebens gewesen. Damals, in der Schule, warst du immer der Vernünftige. Als deine Mutter gemeint hat, dass es doch das Vernünftigste wäre, du würdest Lehrer werden wie dein Vater und dein Großvater, bist du ihrem Rat gefolgt. Obwohl du es nie wirklich wolltest. Du warst immer vernünftig, vernünftig, vernünftig. Es ist an der Zeit, damit aufzuhören! Du musst nicht länger vernünftig sein! Sei wagemutig! Zeig es allen! Scheiß auf die Vernunft!

Er kann nicht mehr. Er will nicht mehr. Diese Stimmen. Er hält sie nicht länger aus. Er muss sich wehren! Es gibt nur eine Chance! Nur eine Chance! Jetzt oder nie!

*

»Opa! Was machst du denn hier!? Geht es Mama und Papa eh gut!?«

Meierhofer fuhr herum. Lukas! Wo kam der jetzt her!?

»Lukas! Geh' weg! Lauf zurück in die Schule!«

Lukas rannte geradewegs auf seinen Opa und damit auch auf Gabriel Teufel zu.

Irgendetwas hatte den Jungen anscheinend in Panik versetzt. Ob er ahnte, was hier vor sich ging?

»Lukas! Du sollst verschwinden!«, schrie Meierhofer entsetzt. Aus irgendeinem Grund konnte er sich nicht bewegen. Er konnte sich nicht bewegen.

Teufel allerdings schon. Als Lukas auf seiner Höhe war, schnappte er sich den Buben, um ihn in den Schwitzkasten zu nehmen. Dabei funkelten seine Augen diabolisch.

»Lukas ist Ihr Enkel, Herr Inspektor? Jetzt weiß ich endlich, wieso der Bursche so renitent ist. Wenn Sie wollen, dass ich ihm nichts tue, sollten Sie schleunigst von hier verschwinden!«

Meierhofer spürte, wie ihm der Angstschweiß aus den Poren schoss. Er musste Lukas helfen, aber er war immer noch nicht imstande, sich zu bewegen. Die Panik hatte von seinem Körper Besitz ergriffen.

»Opa! Hilf mir!«, schrie Lukas verzweifelt, bevor Teufel ihm den Mund zuhielt. Diese Chance nutzte Lukas. Er biss seinem Mathematiklehrer, so fest er konnte, in die Hand. Dieser schrie auf und lockerte reflexartig den Griff, in dem er den Jungen gehabt hatte.

Während Meierhofer noch immer wie angewurzelt da stand, spürte Staudinger, dass er sofort handeln musste. Er sprintete auf Teufel und den Zehnjährigen zu, versetzte dem Mann einen heftigen Stoß, schnappte sich den Buben und zog ihn mit sich. Die Meute an Schülerinnen und Schülern, die ihn dabei von den Fenstern der Schule aus beobachtete, bemerkte er gar nicht.

*

Du bist ein Idiot! Du schaffst es ja nicht einmal, einen Zehnjährigen festzuhalten. Er ist dir entkommen. Jämmerlich! Du bist jämmerlich!

*

Meierhofer war immer noch starr vor Schreck. Er stand da und blickte auf Gabriel Teufel, der nun auf dem Boden lag. Er fixierte ihn mit den Augen, unfähig, sich zu bewegen.

Dafür bewegte sich plötzlich der Lehrer.

Chefinspektor Meierhofer gefror das Blut in den Adern, als er sah, wie Gabriel Teufel in die ausgebeulte Tasche seiner dunkelgrünen Leinenhose griff und ein Butterfly-Messer herauszog.

Meierhofer blickte rasch zu Lukas, den Staudinger mittlerweile zurück ins Schulgebäude geschleppt hatte. Dann richtete sich sein Blick wieder auf das Butterfly-Messer, das der Lehrer mittlerweile in die Höhe hielt.

Er klappte es blitzschnell auf.

Meierhofer überlegte noch, nach seiner Waffe zu greifen, aber es war zu spät. Auch Staudinger, der auf die beiden zugelaufen kam und sich noch an die Brust griff, um seine Waffe zu ziehen, war nicht schnell genug.

Gabriel Teufel rammte sich das Messer in den Kopf. Und keiner der beiden Kriminalbeamten konnte etwas dagegen unternehmen.

Epilog

Hans Meierhofer saß am Küchentisch und trank eine Tasse Kaffee. Eine perfekte Tasse Kaffee. Mittlerweile hatte er es geschafft, Anna Goldschmieds Familienrezept einwandfrei nachzukochen. Kein Wunder. Immerhin tat er seit drei Wochen so gut wie nichts anderes.

Der Chefinspektor hatte sich beurlauben lassen. Er musste den Vorfall vor dem Musikgymnasium, sein Versagen, erst verarbeiten. Ständig schwirrte in seinem Kopf diese eine Frage herum: »*Was hätte ich anders machen sollen?*«

Gut, sie hatten im Kofferraum des roten Peugeots eine funktionstüchtige Bombe gefunden, und in Teufels Wohnung hatten sie einen Abschiedsbrief entdeckt, in dem er über den geplanten Bombenanschlag auf das Musikgymnasium geschrieben hatte.

Aber, dass es so enden würde, das hatte er nicht gewollt. Gabriel Teufel lag im Koma. Wie durch ein Wunder hatte er die schreckliche Kopfverletzung überlebt. Ob er allerdings je wieder gesund werden würde, wusste keiner so genau.

Meierhofer und auch sein Kollege Staudinger hatten sich einer Menge unangenehmer Fragen stellen müssen. Meierhofer hatte sofort die gesamte Schuld auf sich genommen, um Staudinger aus der Schusslinie zu bekommen. Das war diesem zwar nicht recht gewesen, aber der Chefinspektor hatte ihn davon überzeugt, dass es so besser war. Stefano Staudinger war ein hervorragender Kriminalbeamter. Er hatte noch viele Dienstjahre vor sich. Ihm selbst drohte nun ein Disziplinarverfahren. Sein Alleingang war eben doch keine gute Idee gewesen. Obwohl die Medien ihn und Staudinger wie Helden gefeiert hatten.

Kriminalbeamte verhindern Blutbad in Schule war nur eine der vielen Schlagzeilen gewesen, mit denen man versucht hatte, gegen das drohende Sommerloch anzukämpfen. Mittlerweile hatte sich der Rummel etwas gelegt. Meierhofer war froh darüber. Das drohende Disziplinarverfahren bereitete ihm keine großen Sorgen. Er stand ohnehin knapp vor der Pensionierung. Was konnte man ihm denn noch Großartiges antun?

Vielleicht würde er doch bald einmal seinen Freund, den Amtsarzt, besuchen. Krankheitshalber in Frühpension zu gehen war ja auch eine annehmbare und sogar ziemlich bequeme Alternative.

Als es an der Tür klingelte, öffnete Irene. Wenig später stand Stefano Staudinger im Wohnzimmer. Er schmunzelte verlegen.

»Dachte, ich sollte mal nach Ihnen sehen, Herr Chefinspektor.«

Meierhofer legte die Stirn in Falten und hielt Staudinger die rechte Hand hin.

»Hans. Nenn' mich bitte Hans. Ich glaube, dafür ist es höchste Zeit. Immerhin hast du meinem Enkel vielleicht das Leben gerettet.«

Staudinger wurde ein bisschen rot im Gesicht. Er schien sich zu freuen. Rasch ergriff er Meierhofers Hand.

»Gerne, Hans. Stefano. Du kannst mich aber auch Spaghettifresser oder Katzlmacher nennen.«

Ein Lächeln machte sich auf Meierhofers Gesicht breit. Er mochte den schwarzen Humor seines Kollegen. Der würde ihm wirklich abgehen, wenn er die Frühpensionsalternative ernsthaft in Betracht ziehen sollte.

»Also, was führt dich zu mir, Stefano?«, fragte er nun tatsächlich ein wenig gespannt.

Der Gruppeninspektor machte es sich auf einem Sessel bequem und begann zu berichten: »Ich dachte, es interessiert Sie, ich meine, dich, was in den letzten Tagen so passiert ist. Dem Teufel geht es übrigens etwas besser. Wie es aussieht, können sie ihn bald aus dem künstlichen Tiefschlaf holen.«

Das war eine gute Nachricht. Eine sehr gute Nachricht.

Staudinger fuhr fort: »Dr. Silvia und Dr. Nikolaus Höllmayer konnten wir dingfest machen. Du hattest natürlich von Anfang an recht. Diese Medikamententests waren in höchstem Maße illegal. Es handelt sich bei dem Medikament um ein Antibiotikum, das die beiden miteinander entwickelt haben. Es war praktisch so etwas wie ihr Baby. Leider hat dieses Antibiotikum schon die ersten Tests nicht überstanden. Die Tierversuche sind ebenfalls katastrophal ausgegangen. Also wurde es nie zum Test an Menschen freigegeben. Das haben Dr. und Dr. Höllmayer aber trotzig ignoriert. Sie waren so von ihrer Erfindung oder Entwicklung, keine Ahnung, wie man da sagt, überzeugt, dass sie beschlossen haben, das Mittel einfach mal illegal an Menschen zu testen. Um dann, mit Hilfe ihrer vorbildlichen Testergebnisse, die haben sie anscheinend wirklich erwartet, die nötigen Hebel in Bewegung zu setzen, damit das Mittel doch noch offiziell zum Test an Menschen freigegeben werden würde.«

Meierhofer schüttelte langsam den Kopf.

»Ist wohl mehr als schiefgegangen.«

Staudinger nickte.

»Allerdings. Aber die beiden werden dafür bezahlen. Sie werden dafür bezahlen.« »Schon, aber das bringt leider all die Menschen auch nicht wieder zurück, die sie mit diesen fatalen Tests indirekt auf dem Gewissen haben«, warf Meierhofer ein.

Der Gruppeninspektor zögerte einen Moment und fuhr dann fort: »Das Besondere an diesem Medikament ist übrigens, dass es im Blut und Urin absolut nicht nachweisbar ist.«

Meierhofer überraschte das nicht wirklich.

»Aha. Gibt's sonst noch etwas?«, fragte er mäßig interessiert.

Wieder nickte Staudinger.

»Magdalena Bergherrs Tod war eindeutig ein Selbstmord. Dass sie ebenfalls diese Stimmen gehört hat, ist wahrscheinlich, aber leider nicht verifizierbar. Die Höllmayers hatten sich übrigens schon ins Ausland abgesetzt. Müssen wohl geahnt haben, dass diese plötzliche Flut an Verbrechen etwas mit ihrem Medikament zu tun haben könnte. Aber wir haben sie geschnappt. Interpol sei Dank! Simmlinger, Hüberl und Dornmann können sich überraschenderweise, seit sie wissen, dass die Höllmayers in U-Haft sitzen, wieder daran erinnern, Stimmen gehört zu haben. Damit sind sie jetzt wahrscheinlich ziemlich aus dem Schneider. Immerhin waren sie ja wirklich alle drei unzurechnungsfähig, als sie zu Verbrechern geworden sind.«

Meierhofer wurde nun ehrlich neugierig.

»Haben die drei dir erzählt, wieso sie das mit den Stimmen zwischenzeitlich abgestritten haben?«

Stefano machte eine bejahende Kopfbewegung.

»Allerdings. Obwohl ich nicht ganz schlau daraus werde. Anfangs haben ja alle drei geglaubt, dass sie Stimmen hören, weil sie verrückt sind. Als sie dann in der U-Haft keinen Zugang mehr zum Höllmayer-Antibiotikum hatten und die Stimmen plötzlich weg waren, haben sie eins und eins zusammengezählt. Aus Angst vor Repressalien seitens der Höllmayers, sollten wir ihnen durch das Stimmenhören ihrer Testpersonen auf die Schliche kommen, haben alle drei angeblich beschlossen, die Stimmen einfach zu vergessen. Dass sie sich durch das Leugnen des Stimmenhörens gleichzeitig das Argument der Unzurechnungsfähigkeit zum Tatzeitpunkt genommen haben, war ihnen anscheinend nicht bewusst. Vielleicht aber auch egal? Ich glaube, sie haben sich durch die Höllmayers ziemlich bedroht gefühlt. Irgendetwas hat uns Helmut Hüberl bei unserem letzten gemeinsamen Gespräch mit ihm verschwiegen. Die anderen lassen allerdings auch nicht mehr aus, was diese Medikamententests angeht. Da war noch was, aber ich weiß nicht, was.«

Meierhofer strich sich über den Bart.

»Seltsam … Womit die Höllmayers die drei wohl unter Druck gesetzt haben?«

Staudinger zuckte mit den Schultern.

»Keine Ahnung, aber das finden wir auch noch heraus.«

Für einen Moment waren beide still.

»Ach ja, noch etwas. Die Haaranalysen haben bei allen dreien keinen Drogenkonsum ergeben. Aber das überrascht uns ja jetzt nicht mehr wirklich.«

»Nein, das tut es nicht.«

Erneut machte sich eine unangenehme Stille zwischen den beiden Kriminalbeamten breit.

Bis der Gruppeninspektor schließlich zaghaft meinte: »Kommst du zurück?«

Meierhofer zuckte mit den Schultern.

»Frag mich was Leichteres! Noch nicht. Aber vielleicht irgendwann mal wieder.« Stefano Staudinger lächelte, wenn auch ein wenig melancholisch.

»Seit du weg bist, brauchen wir fast keinen Kaffee mehr im Büro.«

Hans Meierhofer schmunzelte, während er erwiderte: »Das ist mein Stichwort. Ich mache mir noch eine Tasse, und du kriegst ein Glas Wasser und ein Stück Marillenkuchen. Irene hat ihn heute erst gemacht. Mit frischen Marillen aus dem eigenen Garten.«

Als der beurlaubte Chefinspektor zusah, wie die schwarze, ganz dezent nach Zimt duftende Flüssigkeit in die Tasse floss, schoss ihm noch einmal Staudingers eben gestellte Frage durch den Kopf: *»Kommst du zurück?«*

Er strich sich über seinen Vollbart. Würde er zurückkommen? Noch nicht. Aber vielleicht doch irgendwann. Er seufzte kurz. Dann sah er weiter dem dunklen Gebräu zu. Und freute sich auf eine perfekte Tasse Kaffee mit ganz viel Milch.